Harald Parigger

Das Internat am Genfer See

Cool bleiben, Stefanie!

SCHNEIDER BUCH

Die Deutsche Bibliothek – CIP-Einheitsaufnahme

Das **Internat am Genfer See**. – München : F. Schneider.

Bd. 2. Cool bleiben, Stefanie! / Harald Parigger. – 1995
ISBN 3-505-10012-9

Dieses Buch wurde auf chlorfreies,
umweltfreundlich hergestelltes
Papier gedruckt.

Schleißheimer Straße 267, 80809 München

Titelfoto: Dominik Parzinger
Umschlaggestaltung: Claudia Wolfrath
Lektorat: Vera Fiebig
Herstellung/Satz: FIBO Lichtsatz GmbH, München, 11' Garamond
Druck: Presse-Druck, Augsburg
Bindung: Conzella Urban Meister, München-Dornach
ISBN: 3-505-10012-9

INHALT

Der schöne Jean

Das Mädchen stellte energisch die beiden Koffer auf den Boden. Wie von selbst erschien eine Blase aus rosarotem, erdbeerduftendem Kaugummi auf seinen Lippen, wurde größer und größer, bis sie mit lautem Schmatzen platzte. Dann verzog sich der Mund zu einem breiten Lächeln, und kauend und in schauderhaftem Französisch sagte das Mädchen: „Hallo, ich bin Meryl. Und wer sind Sie?"

Monsieur Corman war schockiert. Sein langes Gesicht wurde noch länger, und die Flügel seiner großer Nase begannen zu zittern, was bei ihm ein Zeichen äußerster Entrüstung war.

Diese Person war doch nicht etwa eine von den beiden neuen Schülerinnen? Natürlich, Meryl Foster aus den Vereinigten Staaten. Das mußte sie sein.

Er runzelte die Brauen, preßte die Lippen zu einem schmalen Strich zusammen und musterte Meryl von oben bis unten. Was er da sah, mißfiel ihm aufs Äußerste. Ziemlich schmutzige Turnschuhe, nackte Beine, hautenge Shorts und eine dünne Bluse, bei der die vier obersten Knöpfe offenstanden! Na gut, es war ziemlich heiß, aber trotzdem!

Und dieser Aufzug war ja noch längst nicht das Schlimmste. Aber die knallrot geschminkten Lippen, und dann die Frisur, die Frisur ... Eine feuerrote Haarsträhne zierte Meryls

Haupthaar, das ansonsten widerspenstig nach allen Seiten abstand. Oder war das womöglich Absicht? Die sah ja aus wie ein Punk!

Immer noch sprachlos, starrte der Direktor das Mädchen an.

Meryl trat ungeduldig von einem Bein auf das andere.

„Sind Sie vielleicht auch fremd hier?“ fragte sie. „Oder verstehen Sie kein Französisch?“

Das wurde ja immer schöner! Als ob dieses Kauderwelsch Französisch wäre!

Monsieur Corman entschloß sich zu einer Antwort. „Ich bin der Direktor der Vermont-Stiftung“, sagte er streng. „Und du bist eine neue Schülerin?“

„Bin ich“, erwiderte Meryl und machte eine neue Blase. „Schön, daß ich Sie gleich kennenlerne.“

Monsieur Corman räusperte sich und holte tief Luft. Und dann legte er los. „Einen Erwachsenen fragt man nicht, ‚Und wer sind Sie?‘“ begann er. „Und damit wir uns gleich richtig verstehen: An dieser Schule gibt es einige Regeln, die von jedermann einzuhalten sind. Vor allem ist es unmöglich, daß ein Mädchen bei uns in diesem Aufzug herumläuft. Das schadet dem guten Ruf der Schule, und auf diesen Ruf lege ich den größten Wert, den allergrößten Wert, verstanden?“

Meryl legte den Kopf schief und hörte unbeeindruckt zu. Das fiel ihr leicht, denn sie verstand ohnehin nur jedes dritte Wort.

Er näselt, dachte sie. Bestimmt hat er Polypen. Warum regt er sich eigentlich so auf?

Sie wollte ihn ein paarmal unterbrechen, denn ihr war

verdammt warm, und aufs Klo hätte sie auch dringend mal gemußt, aber sie hatte keine Chance.

Okay, seufzte sie deshalb innerlich, senkte den Kopf, wie man es von einer schuldbewußten Sünderin erwartet, und schaltete auf Durchzug.

Keiner der beiden bemerkte das Mädchen, das über den gepflasterten Hof an ihnen vorbeiging. Es war klein und zierlich und sah aus, als würde es jeden Moment unter seinem Gepäck zusammenbrechen: einem Rucksack, einer prallgestopften Reisetasche und einem Koffer, der fast größer als das ganze Persönchen war.

„Bonjour“, grüßte das Mädchen im Vorübergehen, aber niemand nahm Notiz von ihm.

„Was für ein super Empfang“, murmelte es, „Mensch, Stefanie, das ist ja noch schlimmer, als du es dir vorgestellt hast!“

Ob es hier wenigstens irgendwo ein bißchen Schatten gab? Da vorn, neben dem alten Gemäuer, da stand ein Riesenbaum. Nichts wie hin, und dann keinen Schritt mehr mit dem dämlichen Gepäck!

Stefanie schleppte sich weiter, bis sie endlich im Schatten stand. Dann lud sie sich den Rucksack vom Rücken und ließ sich ächzend auf dem Koffer nieder.

Mann, war das ein Tag gewesen! So ziemlich der schlimmste Tag in ihrem Leben. Morgens um halb fünf das Frühstück, das letzte Frühstück mit Papa. Wie sie da gesessen hatten, jeder hatte an seinem Brot rumgewürgt und dem anderen nicht in die Augen sehen können. Sie hatten kaum miteinander geredet, vor lauter Angst, sonst zu flennen anzufangen. Aber dann, am Bahnhof, war es natürlich trotzdem passiert. Und bei dem blödsinnigen neumodischen ICE konnte man nicht mal das Fenster aufmachen und winken! Als Ersatz hatte Stefanie weitergeheult. Bis kurz vor Hannover waren die Tränen geflossen, dann war es endlich vorbei.

Dafür war danach die Angst gekommen, die Angst vor dem, was vor ihr lag: das fremde Land, das Internat mit lauter Leuten, die sie nicht kannte und mit denen sie noch nicht mal deutsch reden konnte.

Und nach der langen Fahrt voller trüber Gedanken dann auch noch der Taxifahrer, der gar nicht daran gedacht hatte, ihr beim Koffertragen zu helfen, und die zwei Typen, die noch nicht mal „guten Tag" gesagt hatten.

Stefanie fühlte sich sehr allein.

Aber was half's! Jetzt war sie hier in der Schweiz, und eine Fahrkarte zurück würde es für lange Zeit nicht geben. Cool bleiben, Stefanie! Hauptsache, niemand merkte, wie sie sich wirklich fühlte.

Wo hier wohl die Anmeldung war? Sie überlegte einen Moment, ob sie den Mann oder das Mädchen fragen sollte, die immer noch auf dem Hof standen, aber dann entschied sie sich anders. Lieber noch ein bißchen frei sein und so tun, als ob man bloß eine Touristin war, die der Laden hier eigentlich nichts anging.

Stefanie erhob sich und sah sich um. Direkt vor ihr ragte ein großes, altes Gebäude empor, eine Art Schloß im Westentaschenformat, ein steinerner Würfel mit vier Türmchen an den Ecken. Direkt daneben stand ein Haus, genauso alt, und von oben bis unten mit Efeu bewachsen. Sie ging langsam auf den Torbogen zu, der durch das Schlößchen hindurchführte. Dahinter blitzte es blau und weiß. Mensch, von hier aus konnte man fast denken, daß es das Meer wäre! Das Meer, das Stefanie so liebte, wo man so weit sehen konnte, bis in der Ferne Himmel und Wasser zu einer schimmernden blauen Linie verschmolzen, wo man davon träumen konnte, was wohl hinter dem Horizont läge. Aber natürlich war es bloß der Genfer See, eine Art Riesenbadeanstalt für Landratten. Und gucken konnte man auch nicht weit, denn dahinter waren Berge, die die Sicht versperrten.

Stefanie seufzte, aber sie riß sich zusammen. Sie durfte sich nicht unterkriegen lassen! Langsam schlenderte sie durch den Torbogen hindurch.

Zu ihren Füßen lag Villeneuve, das Örtchen, zu dem das Internat gehörte. Dahinter glänzte der See in der Septembersonne; ein leichter Windhauch kräuselte das blaue Wasser, und in der Ferne ragten die Gipfel der Alpen in den Himmel.

Sah gar nicht so übel aus, mußte Stefanie zugeben, aber es war nichts gegen das Meer! Nichts!

Sie ließ sich auf einer Bank nieder, die zwischen lauter blühenden Rosenbüschen stand, und kämpfte schon wieder mit dem Heimweh, als sie plötzlich Stimmen hörte.

Zwei Jungen kamen auf sie zugerannt, ein größerer und ein kleinerer, und blieben atemlos vor ihr stehen.

„Hallo!" sagte sie.

„Salut!" lautete die einstimmige Antwort.

Französisch! Du mußt französisch reden! ermahnte sich Stefanie und musterte die beiden neugierig. Sie waren ein entschieden freundlicher Anblick als der hagere Typ und die Pummelige mit der Punkfrisur vorhin auf dem Hof.

Ein Blinder mit Krückstock konnte erkennen, daß sie Brüder waren. Die gleichen dunkelblonden Haare, die gleichen Stupsnasen voller Sommersprossen, die gleichen braunen Augen, aus denen sie kein bißchen schüchtern angestarrt wurde.

„Du mußt eine Neue sein!“ stellte der Ältere fest. „Ich bin Richard. Richard Benoît. Und der da ist mein Bruder Pierre. Das absolut Frechste, was hier rumläuft.“

Pierre schien das als eine Ehre anzusehen, denn er nickte mit dem Kopf und grinste.

„Ich heiße Stefanie Hansen“, antwortete Stefanie. „Ich stamme aus dem Norden Deutschlands und bin soeben hier eingetroffen.“

„Merkst du was, Pierre?“ fragte Richard und kicherte. „Stefanie scheint eine sehr vornehme Dame zu sein. Aus dem Norden Deutschlands kommt sie, und sie ist soeben hier eingetroffen!“

Stefanie strich sich mit der Hand durch ihr blondes Haar. Das hatte sie ihrer Französischlehrerin zu verdanken, der dummen Pute, bei der man immer so reden mußte, als ob man bei einer Gräfin zum Kaffeekränzchen eingeladen war.

„Entschlossen stand sie auf und lächelte den Jungen zu. „Sagt Steffi zu mir“, bat sie und fügte hinzu: „Und lacht mich nicht jedesmal aus, wenn ich einen Fehler mache. Oder sollen wir uns lieber in Deutsch unterhalten?“

Richard streckte abwehrend alle zehn Finger von sich: „Bitte nischt in der Deutsch!“ rief er. „Es würde werden ein Katastroph!“

Dann nahm er Stefanie ohne viel Umstände beim Arm und zog sie mit sich. „Komm, wir zeigen dir alles!“

Gemeinsam gingen sie durch den Garten, und Stefanie hörte zu, während Richard erzählte. Es ging ganz gut; wenn er die Wörter zu hastig hervorsprudelte, schüttelte sie lachend den Kopf oder hielt sich die Ohren zu, und dann wiederholte er schön langsam, was sie nicht verstanden hatte. Der kleine Pierre begnügte sich damit, ihnen vorauszugehen und mit den Kieselsteinen Fußball zu spielen und ab und zu mal eine vorwitzige Bemerkung zu machen.

„Das da ist Schloß Vermont“, erklärte Richard und zeigte auf das Gebäude mit den vier Türmchen. „Es hat mal so einem großen Tier aus der Schweiz gehört, er war Botschafter bei der UNO, glaub ich, und stinkreich. Sein ganzes Geld und das Riesengrundstück mitsamt dem Schloß hat er uns hinterlassen.“

„Euch?“ fragte Stefanie erstaunt.

„Na ja, nicht gerade uns persönlich. Er hat eine Stiftung gegründet, weißt du. Im Schloß wohnen alle Internatsschüler“, Richard lachte sie fröhlich an, „Pierre und ich, und ab heut auch du.“

„Aber nicht auf demselben Stockwerk“, krähte Pierre dazwischen.

„Sei nicht so frech, Kleiner, sonst gibt’s was hinter die Löffel“, knurrte Richard, aber das verhinderte nicht, daß Stefanie über und über rot wurde.

Schnell wechselte sie das Thema. „Wer waren eigentlich die beiden unsympathischen Figuren, die auf dem Hof rumstanden“, fragte sie, „die Dicke mit der Punkfrisur und der hagere Mann mit der langen Nase, der bei dieser wahnsinnigen Hitze Anzug und Krawatte anhat."

„Punkfrisur? Kenn ich nicht. Wahrscheinlich eine Neue, so wie du." Richard grinste. „Aber der Bursche, den du da beschrieben hast, das kann bloß unser verehrter Direktor sein, Monsieur Corman. Ein wirklich reizender Mensch. Herzlich wie ein Krokodil, aufrichtig wie eine Klapperschlange und gutmütig wie ein spanischer Kampfstier."

Obwohl sie lachen mußte, fühlte Stefanie doch ein scheußliches Kribbeln im Bauch. „Du scheinst ihn ja richtig ins Herz geschlossen zu haben", meinte sie. „Ist er wirklich so schlimm? Schikaniert er die Schüler?"

„Er ist ein altes Ekel", gab Richard zurück, und Pierre bestätigte: „Ein widerliches altes Ekel."

„Aber trotzdem ist es nicht so schlimm, denn wir haben nicht allzuviel mit ihm zu tun." Richard krauste die Nase. „Die normalen Schüler jedenfalls nicht. Wenn einer allerdings bloß dummes Zeug im Kopf hat wie mein kleines Brüderchen, dann lernt er ihn schnell genauer kennen. Und das ist ziemlich unangenehm."

Pierre nickte heftig. „Kann man wohl sagen! Unangenehm wie das Ding, von dem er seinen Spitznamen hat."

Stefanie schaute ihn fragend an.

„Er heißt bei allen nur Cor – das Hühnerauge", erklärte Pierre. „Aber wenn er hört, daß man ihn so nennt, wird er fuchsteufelswild!"

„Aber mit allen anderen kann man ganz gut auskommen", schloß Richard. „Los, jetzt besuchen wir den wichtigsten Mann vom ganzen Internat!"

„Wer soll das sein?" erkundigte sich Stefanie neugierig.

„Der Koch natürlich, Monsieur Lützelin, genannt der schöne Jean. Es ist gleich fünf. Da hat er bestimmt was Gutes gebacken!"

Die beiden Brüder stürmten zum Hintereingang des Schlößchens, und Stefanie hinter ihnen her.

Drinnen war es angenehm kühl. Auf dem hölzernen Fußboden lagen bunte Teppiche, und zu beiden Seiten des langen Gangs, in dem sie standen, befanden sich hohe, geschnitzte Türen mit schweren, gußeisernen Klinken. Hinter einer von ihnen hörten die Kinder laute Stimmen.

„Sie krachen sich mal wieder", flüsterte Richard.

„Wer *sie*?" Stefanie hatte keine Ahnung, wovon ihr neuer Freund redete.

„Der Koch und die Hauswirtschaftslehrerin natürlich. Monsieur Lützelin und Madame Wälterli. Sie streiten sich ständig, obwohl sie sich unheimlich gut leiden mögen."

Na, das mußte ja ein seltsames Paar sein! Stefanie spitzte die Ohren und lauschte.

„Aber Madame", rief gerade jemand erbost, „können Sie denn immer nur an Ihre Rappen und Franken denken? Was ist schon Geld! Das Wichtigste ist doch, daß diese armen Kinder gut ernährt werden! Die armen Kleinen! So weit weg von zu Hause, und die Eltern Gott weiß wo in der Welt, und Sie wollen mit mir um jedes Becherchen Crème fraîche, um jedes Apfeltörtchen und um jedes gebratene Hühnchen rechnen! Haben Sie ein Herz, Madame, und denken Sie an die armen Kinderchen!"

„Ja, was reden Sie denn da, Monsieur Lützelin? Als ob ich

nicht auch ein Herz hätte wie Sie!" Madame Wälterli antwortete langsam und gemütlich, und wenn sie sich ärgerte, so war ihr das jedenfalls nicht anzumerken. „Aber man kann nicht mehr Geld ausgeben, als man hat, und wenn Sie heute schon alles verprassen, dann haben Sie morgen nichts mehr, und Ihre armen Kinderchen müssen hungern!"

„Warum redet sie so langsam?" erkundigte sich Stefanie leise. „Ist Monsieur Lützelin schwerhörig?"

„Ach was, kein Stück!" grinste Richard. „Madame Wälterli ist aus Bern. Ich glaube, da reden die Leute alle ein bißchen langsamer als woanders. Aber jetzt kommt, ich bin echt scharf auf ein Stück Kuchen!"

Entschlossen öffnete er die Tür, und die Kinder betraten die Küche. An einem Tischchen neben dem großen Herd saßen ein Mann und eine Frau. Der Mann trug eine grauweiß karierte Hose, eine blütenweiße Jacke und eine ebenso weiße Kochmütze von beachtlicher Höhe. Sein rundliches Gesicht war in ärgerliche Falten verzogen, und seine kleinen Augen funkelten.

Die Frau schien das nicht weiter zu beeindrucken. Sie führte seelenruhig eine große, geblümte Tasse zum Mund und schlürfte behaglich, mitten in ein aufgeregtes: „Papperlapapp, papperlapapp, Madame" hinein. Eben wollte der Koch seine kleine, wohlgepolsterte Faust auf die Tischplatte niedersausen lassen, als er die Kinder bemerkte. Sofort glättete sich sein Gesicht, der zornige Ausdruck verschwand, und ein freundliches Lächeln erschien auf seinen Lippen.

„Ah, meine Lieben, kommt herein, kommt herein", flötete er und strich sich sein gepflegtes Schnurrbärtchen. „Eben habe ich Madame erklärt, wie wichtig in eurem Alter eine ausreichende Ernährung ist, und ihr seid der Beweis dafür. Schauen Sie selbst, Madame, steht ihnen der Hunger nicht ins Gesicht geschrieben? Aber dagegen können wir etwas tun, gleich wird es euch besser gehn, ihr Armen! Wie wäre es mit einer frischgebackenen Brioche? Oder zwei? Véronique, Véronique, hören Sie nicht, wenn ich Sie rufe? Bringen Sie ein Blech mit Brioches, bitte, aber schnell, wir haben Gäste, die am Verhungern sind. Und bringen Sie den Puderzucker mit! Dich habe ich noch nicht gesehen, meine Kleine. Du bist neu hier? Ich werde gut für dich sorgen. Wie heißt du? Wo kommst du her? Was ißt du am liebsten?"

Der Koch holte tief Luft, und Stefanie nutzte die Pause, bevor er noch weitere Fragen stellen konnte. Sie trat auf ihn zu, streckte ihm die Hand entgegen und sagte: „Ich bin Stefanie, und ich komme aus Norddeutschland. Am liebsten esse ich Lammbraten. Sie müssen Monsieur Lützelin sein. Ich habe schon so viel von Ihrer wunderbaren Küche gehört."

Das stimmte zwar nicht, aber Stefanie dachte, er würde sich vielleicht darüber freuen. Und so war es auch: Monsieur Lützelin strahlte. Er ergriff ihre Hand und schüttelte sie kräftig.

„Stefanie! Was für ein schöner Name! Du wirst deinen Lammbraten bekommen, meine Liebe, zart und saftig, mit einer köstlichen Sauce, mit einer Sauce, sage ich dir ..." Er küßte seine Fingerspitzen.

Er wollte eben weiterreden, als sich eine Tür am anderen Ende der Küche öffnete und ein hübsches, dunkelhaariges Mädchen hereinkam, das ein Tablett vor sich hertrug. Es grüßte und sagte dann lächelnd: „Die Brioches, Monsieur Lützelin."

Da geschah ein Wunder: Monsieur Lützelin sprang auf und – schwieg. Er machte ein paarmal den Mund auf, aber er brachte kein Wort hervor. Schließlich stotterte er: „Ste-stellen Sie sie bitte auf den Ti-Tisch, V-Véronique. U-und vielen Dank!"

„Keine Ursache", erwiderte das Mädchen und verließ mit einem freundlichen „Auf Wiedersehen" die Küche.

„Véronique, meine rechte Hand", erklärte Monsieur Lützelin leicht verlegen zu Stefanie gewandt, „sehr, sehr tüchtig." Eine leichte Röte überzog sein Gesicht.

Schnell fuhr er fort: „Aber ich bin sehr unhöflich. Ich habe dich noch nicht Madame Wälterli vorgestellt. Sie ist die Wirtschaftsleiterin und so eine Art heimliche Königin, denn sie ist die Herrin über das Geld, das ich ausgeben darf, um für meine Schützlinge zu kochen. Mon Dieu, und sie ist so furchtbar sparsam! Das kommt daher, weil sie nicht mehr zum Leben braucht als eine Nonne in einem Kloster! Weißt du, was sie da trinkt? Kräutertee! Dabei könnte sie von mir den herrlichsten Kaffee bekommen!" Monsieur Lützelin schüttelte so kummervoll den Kopf, daß ihm die Kochmütze herunterfiel.

Als er sich seufzend bückte, um sie aufzuheben, sagte Madame Wälterli: „Ich kann es gar nicht fassen, daß ich auch einmal zu Wort komme! Herzlich willkommen, Stefanie! Hast du dich schon ein wenig bei uns eingelebt?"

Stefanie wiegte zweifelnd den Kopf. „Noch nicht sehr, glaube ich", erwiderte sie. „Wenn ich ehrlich bin, hab ich ziemlich Heimweh. Und ein bißchen Bammel vor all dem Neuen, der fremden Sprache und den fremden Leuten und so, hab ich auch."

Verdammt, was redete sie denn da? Sie hatte sich doch fest vorgenommen, niemand zu erzählen, wie es in ihr aussah! Verstohlen ließ sie ihren Blick über Madame Wälterli gleiten. Wie ein supergeiziger Hausdrache sah die wirklich nicht aus. Sie war zwar groß und hager, und ihr breitflächiges Gesicht war alles andere als schön, aber sie strahlte eine solche Gutmütigkeit aus, und ihre braunen Augen blickten so freundlich, daß man sofort Vertrauen zu ihr faßte.

„Das versteh ich gut", antwortete Madame Wälterli bedächtig. „Es wird bestimmt ein paar Wochen dauern, bis du die Sehnsucht nach zu Hause überwunden hast. Aber du bist hier mit deinem Kummer nicht allein; nach den großen Ferien geht es fast allen so wie dir." Sie nahm einen Schluck aus ihrer geblümten Tasse. „Und jetzt nehmt eure Kuchen und geht ein bißchen in die Sonne. Monsieur Lützelin und ich haben noch ein paar schwierige Rechenkunststücke zu vollbringen, weiß Gott, wie schwierig."

Richard nahm einen großen Teller duftender Brioches entgegen, die drei verabschiedeten sich und marschierten hinaus.

Draußen hörten sie, wie Madame Wälterli dem Koch Vorhaltungen machte: „Sie sollten den Kindern nicht so viel Kuchen geben. Das sind lauter leere Kalorien, die machen nur dick. Und auch noch Zucker drauf! Wissen Sie nicht, wie schädlich Zucker für die Zähne ist? Ach, mein Guter, wann werden Sie endlich begreifen, daß die Ernährung vor allem gesund sein muß!“ Die Kinder hörten nicht mehr, was Monsieur Lützelin darauf antwortete, aber sie konnten es sich lebhaft vorstellen.

„Ein komisches Paar“, meinte Stefanie, „aber beide sehr nett, oder?“

„Das kannst du laut sagen“, antwortete Richard. „Sie haben ihre Ticks, aber sie sind schwer in Ordnung.“

„Hast du eigentlich bemerkt, daß der schöne Jean in Véronique verliebt ist?“ wollte Stefanie wissen.

Richard winkte ab. „Klar, verknallt bis über die Haarwurzeln. Aber das hat gar nichts zu bedeuten. Er ist pausenlos in jemand verknallt. Im letzten Jahr war es erst Christine, die neue Erzieherin, dann die Freundin vom Reitlehrer, jetzt ist es Véronique. Das braucht er, dann kann er besser kochen, glaub ich. Eines Tages heiratet er bestimmt Madame Wälterli!“

Na, sehr romantisch bist du nicht, dachte Stefanie, eigentlich schade. Aber sie sagte nichts, sondern ließ sich von den beiden Jungen zu einer Bank führen, die im Schatten einer großen Linde stand. Dort ließen sie sich nieder und bissen genußvoll in die frischen Brioches. Die Jungen erzählten über das Leben im Internat, Stefanie lehnte sich behaglich zurück, und für den Augenblick vergaß sie ihren Kummer und ihr Heimweh.

César und die Pferdeäpfel

Als sie einige Zeit auf der schattigen Bank gesessen hatten, beugte sich Stefanie plötzlich vor und stieß Richard an. „Du, da kommt irgendwas", sagte sie, „irgendein Tier!" Sie deutete auf ein Asternbeet, und jetzt sahen es die Jungen auch. Obwohl kein Lüftchen wehte, wackelten und zitterten die Blüten – als ob etwas durch sie hindurchrobbte. Dann erschien ein struppiger, braungrauer Kopf mit Schlappohren, ein langer Leib mit vier krummen Beinen folgte, den Schluß bildete ein heftig wedelnder Schwanz.

Die Jungen begannen zu lachen.

„Keine Gefahr!" rief Pierre. „Das ist nur César, der Internatshund. Er ist Monsieur Lapointe, dem Reitlehrer, eines Tages zugelaufen. Wahrscheinlich, weil der so gut nach Pferd riecht. César liebt nämlich Pferde über alles. Niemand wußte, wem er gehörte, wegscheuchen ließ er sich auch nicht, und so ist er halt dageblieben. Inzwischen gibt es keinen mehr, der ihn freiwillig wieder hergeben würde. Außer Monsieur Corman vielleicht."

„Und was für eine Rasse ist er?" erkundigte sich Stefanie.

Richard antwortete mit einem so langen und verzwickten französischen Wort, daß sie keine Silbe davon verstand.

„Wie? Was sagst du?" fragte sie.

Richard wiederholte langsam und gestikulierte dazu, bis

sie begriff, daß es sich bei César um so etwas wie einen gemopspinscherten Spitzdackelterrier handeln mußte.

Inzwischen war die seltsame Mischung herangehoppelt und musterte die Kinder mit schiefgelegtem Kopf.

„Er hat etwas im Maul!“ sagte Stefanie. „Ob er eine Maus gefangen hat?“

Aber Richard sagte beruhigend: „Keine Sorge. Er fängt nie Mäuse. Es ist sicher was zum Spielen. Ein Ball oder so.“ Den verstohlenen Blick, den er seinem Bruder zuwarf, bemerkte Stefanie nicht.

Der Spitzdackelterrier beäugte die drei weiterhin so konzentriert, daß er sogar vergaß, mit dem Schwanz zu wedeln. Endlich schien er zu einem Entschluß gekommen zu sein. Das Schwanzwedeln setzte wieder ein, er hoppelte auf Stefanie zu und legte ihr zu Füßen, was er im Maul gehabt hatte. Dann setzte er sich hin und sah sie erwartungsvoll an.

Stefanie bückte sich und streichelte ihm das rauhe Fell. „Na, was hast du mir denn Schönes mitgebracht?“ fragte sie auf deutsch.

„Französisch!“ murmelte Pierre. „Er versteht doch nur Französisch!“

„Ach was“, sagte Stefanie, „ein Hund versteht jede Sprache!“ Dann griff sie nach dem Ding, das César vor ihr hatte fallen lassen.

Die Jungen prusteten los.

„Igittigitt!“

„Französisch! Er versteht nur Französisch“, wiederholte Pierre ächzend.

Entsetzt betrachtete Stefanie die Reste des Pferdeapfels,

die an ihren Fingern hingen. „Ihr habt es gewußt, ihr Mistkerle!“ rief sie anklagend.

„Klar“, sagte Pierre vergnügt. „César liebt Pferde. Aber noch mehr liebt er Pferdeäpfel. Deshalb kannst du dir wahnsinnig was drauf einbilden, daß er dir einen geschenkt hat. Das macht er nämlich nicht bei jedem.“

„Na, wenn das so ist ...“, meinte Stefanie und wischte sich die Finger im Gras ab, „vielen Dank, César!“

Der Spitzdackelterrier wedelte eifrig mit dem Schwanz und leckte ihr die Hand.

„Prima, wieder picobello sauber“, sagte Stefanie, „aber trotzdem: Rache ist süß, meine Lieben! Der Pferdeapfel wird nicht ohne Folgen bleiben! So, und jetzt sollte ich mich wohl darum kümmern, wo ich mein müdes Haupt heute nacht betten kann.“

„Wo hast du dein Gepäck?“ fragte Richard. „Wir helfen dir tragen. Schließlich haben wir was gutzumachen.“

„Also dann los!“

Gemeinsam gingen sie zum Schloß zurück.

„Seht mal, da sind ja Leute!“ Stefanie zeigte auf das alte Haus, das an das Schloß angrenzte. Wirklich, auf der Terrasse saß eine rundliche, alte Frau behaglich in einem Sessel und sah auf den See hinaus. Neben ihr lag jemand in einem Liegestuhl, aber man sah nichts von ihm außer zwei dünnen Beinen in braunen Hosen und Füße, die in großen Pantoffeln steckten. Der Rest war hinter einer Zeitung verborgen.

„Ach, das“, erklärte Pierre, „das sind bloß zwei von unseren Gruftis.“

Stefanie verstand gar nichts mehr. „Gruftis?“

„Na ja, zur Stiftung gehört auch ein Seniorenheim. Da wohnen Leute, die früher für die UNO oder so gearbeitet haben. Wir aus dem Internat müssen uns um sie kümmern. Einkaufen, spazierengehen, vorlesen und so."

Na, toll, dachte Stefanie verbittert. Ein ekliger Direktor und jetzt auch noch ein Altersheim! Lauter nette Überraschungen. Da hast du mir ja was Tolles eingebrockt, Papa! Wenigstens vorwarnen hättest du mich können!

Inzwischen hatte die alte Dame sie entdeckt. „Hallo!" rief sie und winkte fröhlich.

Die Kinder winkten zurück.

„Das ist Madame Bodmer", sagte Richard. „Echt nett für ihr Alter. Der Typ daneben heißt Leroux. Absolut unausstehlich, sag ich dir. So stell ich mir das Hühnerauge in zwanzig Jahren vor. Der hat vielleicht 'ne miese Ausstrahlung! Wenn du dem ein Stück Butter in die Hand drückst, wird sie sofort ranzig. Aber du wirst sie schon noch alle kennenlernen. Die meisten sind ganz o.k. ..." Er unterbrach sich, denn er hatte gemerkt, daß Stefanie pausenlos verstohlen gähnte. „Jetzt bringen wir dich zu Christine, die wird dir dein Zimmer zeigen. Die Krokotasche – äh, Madame Corman – ist nämlich zur Zeit nicht da. Sie ist die Schwester von Hühnerauge und leitet das Internat."

Stefanie war plötzlich so müde, daß sie nicht einmal mehr fragte, wer denn Christine nun wieder sei. Und die Krokotasche hatte sie sofort wieder vergessen. Sie trottete nur den Jungen in den Hof hinterher, ließ es sich gefallen, daß sie sich mit ihren Gepäckstücken beluden, und folgte ihnen dann durch den weiten Torbogen ins Innere des Schlößchens.

Dort ging es ein breites Treppenhaus mit steinernen Stufen hinauf bis in den ersten Stock zu einer weißen Tür, an der ein buntbemaltes Schild hing: *Christine Papidou* stand drauf.

Richard klingelte. In der Wohnung waren sofort eilige Trippelschrittchen zu hören. Dann wurde die Tür aufgerissen, eine junge Frau mit langen, dunklen Haaren trat heraus, breitete die Arme aus und strahlte: „Du mußt Stefanie sein!"

Stefanie trat erst mal einen Schritt zurück. Gab es das, daß man jemanden mit offenen Armen begrüßte, den man noch nie gesehen hatte? Das hatte sie bisher noch nicht erlebt. Steif erwiderte sie: „Ja, das stimmt. Guten Tag, Mademoiselle ...", sie schaute zur Sicherheit noch mal auf das Türschild, „... Papidou."

„Menschenskind, entspann dich!" rief Richard. „Das ist Christine!"

„Die, in die der schöne Jean im letzten Jahr verliebt war", erklärte Pierre vorlaut.

„Die Betreuerin der Mädchen, die im Internat wohnen." Niemand bemerkte die Kopfnuß, die Richard seinem kleinen Bruder verabreichte, zumal der bloß das Gesicht verzog, aber keinen Laut von sich gab.

Christine nahm die Arme herunter. Sie sah das Mädchen mit den blonden Haaren, den blauen Augen und dem Gesicht, dem man Müdigkeit und wohl auch heimlichen Kummer anmerkte, nachdenklich an.

Dann nickte sie und sagte: „Okay, Jungs. Vielen Dank, daß ihr euch um Stefanie gekümmert habt. Wir sehn uns später." Sie schob ihren neuen Schützling, der gerade noch

„Salut! Bis bald!" rufen konnte, in die Wohnung und schloß die Tür.

„So, mach's dir bequem in meinem Luxusappartement", sagte sie dann und ließ sich selbst in einem Sessel nieder.

Stefanie merkte, daß die ganze Wohnung eigentlich bloß ein großes Zimmer war mit einer schmalen Tür, die wahrscheinlich ins Badezimmer führte. Trotzdem, hier konnte man es schon aushalten.

Der Raum war weiß gestrichen, an den Wänden hingen eine Menge Bilder, mal in zarten, mal in kräftigen Farben und mit den unterschiedlichsten Techniken gemalt. Aber auf allen waren Clowns zu sehen; Clowns an einem Trapez, Clowns, die mit Marionetten spielten, weinende und lachende Clowns.

Zwischen den beiden hohen Fenstern stand ein großes, blaues Sofa, umrahmt von blühenden Pflanzen in weißen Töpfen. Dann gab es noch zwei Sessel, einen alten, geschnitzten Schrank, zwei Regale voller Bücher und einen runden Tisch mit vier Stühlen.

„Hast du alles gesehen?" fragte Christine und lächelte. Verlegen nickte Stefanie. „Dann setz dich doch!" Die Erzieherin deutete auf den Sessel neben sich.

„Warum hast du nicht Bescheid gesagt, wann du ankommst?" fragte sie. „Ich hätte dich doch am Bahnhof in Genf abgeholt. Bist du etwa mit dem Bus gekommen?"

Stefanie schüttelte den Kopf. „Mit einem Taxi. Es ging alles so schnell. Mein Vater fliegt nach Afrika. Also, sein Einsatz beginnt früher, als er gedacht hatte. Normalerweise wären wir natürlich zusammen hierhergefahren. Wenn er das alles gewußt hätte, mit dem Direktor und mit dem Altenheim, vielleicht hätte er das dann sein gelassen mit Afrika. Heute morgen bin ich dann mit dem Zug hierhergefahren. Von Hamburg."

„Eine ordentlich lange Reise", meinte Christine, „und ich wette, auch nicht gerade die schönste in deinem Leben ..."

Mehr sagte sie nicht, aber plötzlich war der Damm gebrochen. Stefanie sprudelte hervor, was ihr den ganzen Tag immer wieder durch den Kopf gegangen war.

Sie erzählte, wie sie mit ihrem Vater in dem Haus am Meer zusammengelebt hatte, ganz allein, nachdem ihre Mutter ausgezogen war.

„Ausgerechnet in meinen Mathelehrer hat sie sich verliebt", berichtete sie und ihrer Stimme war noch immer die Fassungslosigkeit über diese unbegreifliche Tatsache anzuhören. „Ausgerechnet in meinen Mathelehrer, in den doofen, langweiligen Pollex hat sie sich verliebt." Sie schnippte mit den Fingern. „So viel ist der gegen meinen Vater! So viel wie eine Sumpfschildkröte gegen einen Königstiger! Und wenn ich nicht so schlecht in Mathe gewesen wäre, dann hätte sie ihn noch nicht mal kennengelernt. Vor sechs Monaten ist sie zu ihm gezogen, und Papa und ich waren plötzlich allein im Haus. Eigentlich ging alles ganz prima. Eine Aushilfe hat saubergemacht, ich hab eingekauft, wenn ich aus der Schule kam, abends haben wir zusammen gegessen, am Wochenende was unternommen. Eine schöne Zeit war das."

Stefanie sah die junge Erzieherin, die sie vor zehn Minuten zum ersten Mal gesehen hatte, unsicher an. Würde sie das verstehen?

„Das glaub ich gern, daß das schön war." Christine rutschte tiefer in ihren Sessel und legte die Beine übereinander. „Das hätte mir auch gefallen, allein mit meinem Vater und mit dem Gefühl, daß ich ganz allein für ihn sorgen darf ... Aber erzähl weiter!"

Tatsächlich, sie verstand es. Genauso war es gewesen: schön, weil sie ganz allein für Papa sorgen durfte.

„Eines Tages kam er nach Haus und sagte: ‚Ich hab mich für einen Einsatz in Afrika gemeldet.' Er ist Militärarzt, wissen Sie. Die Bundeswehr macht für die UNO einen Einsatz in Afrika, in Ruanda, und er ist der leitende Arzt. Wenn die Soldaten 'ne Kugel abkriegen oder es bricht eine Seuche aus oder sonst was, dann muß er sich um die Leute kümmern. Warum er sich dafür freiwillig gemeldet hat, das hab ich überhaupt nicht kapiert!" Plötzlich standen dicke Tränen in Stefanies Augen.

Verdammt noch mal, cool bleiben, Stefanie! Vorhin in der Küche hatte sie schon mehr rausgelassen, als sie wollte, und jetzt quatschte sie der Erzieherin die Ohren voll. Vielleicht wußte es morgen das ganze Internat?

„Du mußt keine Angst haben", sagte Christine, als ob sie ihre Gedanken erraten hätte, „mit mir über deine Sorgen zu reden. Kein Mensch erfährt etwas davon." Aufmunternd sah sie Stefanie an. Aber die preßte die Lippen zusammen. Mehr wollte sie wirklich nicht sagen.

Nach einer Pause fuhr die Erzieherin fort: „Vielleicht hat dein Vater deine Mutter mehr vermißt, als du geglaubt hast ... Vielleicht hat er dir auch nicht abgenommen, daß es dir so gar nichts ausmacht, daß sie weggegangen ist ... Vielleicht wollte er für sich und für dich eine neue Umgebung schaffen ... Du solltest versuchen, ihn zu verstehen."

Stefanie senkte den Blick. Sie wollte plötzlich nichts mehr davon hören. Das klang alles ganz lieb und war bestimmt gut gemeint, aber es konnte eben niemand so schnell kapieren, was das für sie bedeutet hatte: *Ich habe mich für einen Einsatz in Afrika gemeldet.* Sie hätte dieser fremden jungen Frau nichts davon erzählen sollen, auch wenn sie noch so liebenswürdig war.

Sie stand auf. „Darf ich mir jetzt mein Zimmer anschaun?"

Christine nickte. „Na klar. Wir gehen zusammen rüber. Du wohnst mit einer anderen Neuen zusammen, Meryl heißt sie, sie kommt aus den USA.

Stefanie stöhnte innerlich. Das konnte bloß der Pummelpunk von vorhin sein. Sie wußte nicht warum, aber sie hatte ein verdammt ungutes Gefühl dabei, ausgerechnet mit der ein Zimmer zu teilen.

„Du wirst es möglicherweise nicht ganz leicht mit Meryl haben ..."

Na bitte, sie hatte es gewußt!

„... Aber du machst ja nicht gerade einen streitlustigen Eindruck. Du wirst schon mit ihr auskommen."

Christine ging voraus. Ein paar Türen weiter klopfte sie. Als sich nichts rührte, meinte sie: „Meryl scheint nicht da zu sein." Sie öffnete die Tür und sagte, indem sie einladend in den Raum wies: „Herzlich willkommen im neuen Zuhause. Ich laß dich erst mal allein. Wenn du etwas brauchst, sag Bescheid."

Stefanie bedankte sich. Als die Erzieherin sich zum Gehen wandte, fragte sie zögernd: „Ach, Mademoiselle ...“

„Du kannst ruhig Christine sagen, das tun die anderen auch!“

„Okay, Christine. Warum ... warum haben Sie ... hast du eigentlich die vielen Clowns an die Wand gehängt?“

Die junge Frau lächelte. „Ganz einfach. Sie helfen mir, wenn ich mich einsam fühle. Wenn ich eine Wut habe, gehe ich in den Keller und hau auf meinem Schlagzeug herum. Aber wenn ich mich einsam fühle, schaue ich meine Clowns an. Sie haben alle etwas zu bedeuten, und einer ist immer dabei, der mich tröstet.“ Sie winkte noch einmal und verschwand in ihrem kleinen Appartement.

Stefanie schob nachdenklich ihr Gepäck ins Zimmer und schloß die Tür. So, da war sie jetzt.

Typisch, der Pummelpunk hatte das bessere Bett für sich in Besitz genommen, das unter einem der Fenster. Es war unübersehbar: Ein Haufen Klamotten lag darauf, Marke „Hauptsache schrill“, auf dem Nachttisch thronte ein großer Recorder.

In Ordnung. Sollte sie selig werden mit dem Bett.

Stefanie sah sich prüfend um. Sonst gar nicht so übel, die Bude. Groß und hell. Zwei Betten, zwei Schreibtische mit Stühlen, zwei Sesselchen mit einem kleinen Tisch, zwei Schränke, Garderobe, Waschbecken, ein bunter Teppich. Von den Fenstern aus blickte man über den Hanggarten und Villeneuve hinaus auf den See. Ganz nett; allerdings – das Meer war es nicht. Längst nicht.

Seufzend begann Stefanie ihre Koffer auszupacken. Sie

Mit brandheißen Neuheiten!
HIER STECKT JEDE MENGE LESESPASS DRIN.
SCHNEIDER BUCH

Entdeck di

Ritchie Perry
Fiona Fangzahn, die Vampir-Lady

Am liebsten würde Fiona Fangzahn sofort zubeißen, a ein Mensch in ihrer Gruft auftaucht. Doch Heinz Ketchup weiß sich zu helfer
Best.-Nr. 10032
DM 9,80/ÖS 79,-/SFr.9,8

Stig Ericson
Indianerjunge Kleiner Wolf, Bd.4:
Kleiner Wolf und der Einsame

Kleiner Wolf und sein Freund Fuchsohr gehen allein auf die Jagd. Plötzlich stellt sich ihnen ein hungriger, einsamer Wolf in den Weg …
Best.-Nr. 0034
DM 9,80/ÖS 79,-/SFr. 9,80

Klaus-Peter Wolf
Daniel rettet das Piratenschiff, Bd.2

Die Piraten wollen ihr Schlachtschiff bergen. Doch sie fürchten die schrecklichen Bewohner de Unterwasserstadt. Nur einer nicht: Daniel!
Best.-Nr. 10037
DM 9,80/ÖS 79,-/SFr. 9,8

Louis Sachar
Rudi Rotschopf, Bd.
Sind Mädchen doof

Wie die meisten Jungs in se ner Klasse hält Rudi Rotscho Mädchen für doof. Bis er si selber in eines verwandelt .
Best.-Nr. 10036
DM 9,80/ ÖS 79,-
SFr. 9,80

llsten Abenteuer!

Ursel Scheffler
Krimimix mit Kugelblitz, Bd. 2

Das kunterbunte Trimmprogramm bringt alle Denksport-Detektive und Krimifreunde voll auf Trab! (Mit Geheimfolie und KK-Lesezeichen!)
Best.-Nr. 0038
DM 10,95/ÖS 86,-/SFr. 11,90

Ursel Scheffler
Kommissar Kugelblitz, Bd. 14: Der Fall Kobra

Sieben Ratekrimis! Jagt mit Kommissar Kugelblitz die sieben Bösewichte! Mit der roten Folie entlarvt ihr sogar den Antik-Floh und den Mopsmörder!
Best.-Nr. 10030
DM 10,80/ÖS 85,-/SFr. 11,80

Ruth Thomson
Indianer

Wie kamen die Indianer zu ihrem Namen? Wie jagten sie Büffel? Was ist der Unterschied zwischen einem Tipi und einem Wigwam? Die Antworten und viele tolle Spiel- und Bastelanregungen findest du in diesem Buch.
Best.-Nr. 4638
DM 16,80/ÖS 129,-/SFr. 17,80

Peter Kuntze
Die verflixte 7b, Bd. 9: Mit Volldampf ins Rathaus

Während des Wahlkampfes der 7b fürs Juniorenparlament bringt eine Serie von Einbrüchen einen Freund der Klasse ins Zwielicht.
Best.-Nr. 10031
DM 9,80/ÖS 79,-/SFr. 9,80

Jetzt wird's richti

Günter Huth
Pizza-Bande, Bd. 29:
Hasenblumen pflückt man nicht oder Die Wildererbande

Wilderer treiben ihr Unwesen! Ein erschossenes Reh und rätselhafte Zeitungsanzeigen führen die Pizza-Bande auf eine heiße Spur.
Best.-Nr. 10027
DM 10,95/ÖS 86,-/SFr. 11,90

Aus der Schneider-Krimi-Reihe:
Robert Boudet
Gefährliche Neugier

Uhu, der neue Lehrer, ist Max höchst verdächtig. Was sucht er nachts auf der Müllkippe? Und wer ist die Frau, die er heimlich trifft?
Best.-Nr. 0041
DM 9,80/ÖS 79,-/SFr. 9,8(

Thomas Brezina
Ein Fall für dich und das Tiger-Team
Das Geisterflugzeug (Ratekrimi Nr. 3)

Jedem, der das Geisterflugzeug sieht, widerfährt schreckliches Unglück ... Lös den Fall zusammen mit dem Tiger-Team!
Best.-Nr. 10066
DM 14,80/ÖS 119,-/
SFr. 15,80

Matthias Martin
Bandito und die Dame in Blau, Bd. 2

Svenja geht mit Bandito im Par spazieren. Plötzlich springt der kleine Hund eine wildfremden Frau auf den Schoß Wer ist die Dame in Blau?
Best.-Nr. 100C
DM 9,80/
ÖS 79,-/SFr. 9,8

spannend!

Irma Krauß
Ein stinknormales Schwein, Bd. 3

Für Schulhausmeister Otto Pürzlinger sind Schweine nur fette, dumme Tiere. Doch dann passiert etwas, das Ottos Einstellung von Grund auf ändert …
Best.-Nr. 10006
DM 10,95/ÖS 86,-/SFr. 11,90

heo Schwartz
ibi und Tina, Bd. 10:
as Zeltlager

aul Pingel, der Leiter des
eltlagers, macht seinem
amen alle Ehre: Mit seiner
ingeligkeit verdirbt er allen den
paß – bis Bibi eingreift …
est.-Nr.10007
M 10,80/ÖS 85,-/SFr. 11,80

Hans G. Franciskowsky
Auf den Spuren bedrohter Tiere, Bd. 9: Im Tal der Pandas

Entsetzt schauen Sara und Sebastian auf den toten Panda. Die chinesische Polizei verdächtigt ihren Vater, das Tier erschossen zu haben.
Best.-Nr. 10002
DM 9,80/ÖS 79,-/SFr. 9,80

ünter Huth
ierfreunde im Einsatz,
d. 6:
insteins Geheimnis

pa Jo erbt den Esel Einstein.
as Grautier umgibt ein
eheimnis, und das hat mit
nem Schatz zu tun …
est.-Nr. 10004
M 9,80/ÖS 79,-/
Fr. 9,80

Echte Renne

Hans G. Franciskowsky
**Wendy, Bd. 8:
Die Pferdefreundin**

Auf dem Reiterhof Lindenhöh geschehen geheimnisvolle Dinge. Was wissen die fremden Reitermädchen? Bald findet Wendy eine Spur …
Best.-Nr. 0025
DM 10,80/ÖS 85,-/SFr. 11,8

Andrea Pabel
**Ponyhof Kleines Hufeisen, Bd. 4:
Der Ritt zum Pferdefest**

Die Freunde vom Ponyhof bereiten sich auf den Leonhardi-Ritt vor. Alle Pferde und Reiter nehmen teil. Und danach gibt es eine große Überraschung!
Best.-Nr. 0031
DM 10,95/ÖS 86,-/SFr. 11,90

Tina Caspari
**Bille und Zottel, Bd. 18:
Die letzte Hürde**

Zottel ist verschwunden! Bille weiß: Jetzt ist es ernst – dies ist keiner der lustigen Streiche ihres Ponys. Sofort geht sie auf die Suche …
Best.-Nr. 10019
DM 9,80/ÖS 79,-/SFr. 9,80

Jo Pestum
**Der Pferdehof im Münsterland, Bd. 6:
Ein Fohlen für Lena**

Lenas beste Freundin ist die alte Stute Raja. Aber als ein Fohlen in Not ist, sind Lena und die junge Reiterin Annette bereit zu helfen.
Best.-Nr. 10023
DM 10,80/ÖS 85,-/SFr. 11,80

Walter Farley
**Blitz, Bd. 11:
Blitz in Gefahr**

Auf seinem schwarzen Hengst Blitz reitet Alec Ramsay in ein unheimliches Sumpfgebiet. Das aufregendste Abenteuer seines Lebens beginn
Best.-Nr. 10018 DM 12,80/ÖS 99,-/SFr. 13,80

ür Pferdefans.

Ursula Isbel
Als Fanny ihr Pony fand
Fanny denkt ans Ausreißen. Sie vermißt ihre Freundin und ihre alte Schule. Erst als sie einen einsamen Hund und ein gescheckt es Pony trifft, verändert sich alles!
Best.-Nr. 10021
DM 9,80/ÖS 79,-/SFr. 9,80

Christine Lange
Ratgeber Pferd, Bd.2: Ferien mit Pferden
Super für alle Pferdefans: Dieser Ratgeber ist randvoll mit Informationen rund um Reiterferien und mit mehr als 250 Reiterhof-Adressen!
Best.-Nr. 0054
DM 12,80/ÖS 99,-/SFr. 13,80

Edel Marzinek-Späth
Ponys – Rassen, Herkunft, Verhalten
Klein, robust und vielseitig sind sie, die Ponys und Kleinpferde. In diesem Buch erfährst du alles über die Rassen, die Herkunft und das Verhalten von Ponys.
Best.-Nr. 10025
DM 24,80/ÖS 199,-/SFr. 25,80

Carla Lindner
Spaß beim Reitenlernen
Du liebst Pferde und möchtest Reiten lernen? Dann ist dieses Buch genau das richtige für dich: Hier werden die Grundbegriffe des Reitens auf Farbfotos gezeigt und erklärt!
Best.-Nr. 8174
DM 16,80/ÖS 129,-/SFr. 17,80

hängte Röcke und Hosen in den Schrank, sortierte Blusen, Pullis und T-Shirts in die Fächer.

Ganz unten im Koffer lag ein Gegenstand, dick in Handtücher eingeschlagen. Stefanie hob ihn vorsichtig hoch und wickelte ihn aus. Was zum Vorschein kam, war ein zierlich geflochtener Korb mit Blumen und Früchten, alles aus Marzipan. Stefanie liebte Marzipan über alles; deshalb hatte ihr Vater ihr zum Abschied dieses kleine Kunstwerk geschenkt.

Sie strich vorsichtig mit einem Finger über das glänzende Cellophan, das den Korb umhüllte. Blaue Kornblumen und roter Mohn, ein Pfirsich, Aprikosen, Kirschen und Erdbeeren. Wie frisch gepflückt sah alles aus. War es nicht ein Beweis dafür, wie sehr Papa sie liebte, auch wenn er sie jetzt für seinen blödsinnigen Einsatz allein gelassen hatte? Niemals würde Stefanie ein Stück davon anrühren, auch wenn sie Marzipan noch so gern aß.

Behutsam stellte sie das Körbchen auf den Nachttisch neben ihrem Bett. Du bist wie Clownbilder, dachte sie. Immer wenn ich mich einsam fühle, werd ich dich anschauen.

Sie wollte gerade mit dem Auspacken weitermachen, da flog die Tür auf, und ihre Zimmergenossin stürmte herein.

„Hi. Ich bin Meryl. Ich wohne hier mit dir zusammen."

Mensch, die war ja kaum zu verstehen – trotz der Lautstärke, mit der sie redete. Denn erstens kaute sie pausenlos auf ihrem Kaugummi herum, und zweitens klang ihr Französisch, als ob sie den Mund voller Grießbrei hätte.

„Salut. Ich bin Stefanie." Nein, irgendwie brachte sie es nicht fertig hinzuzufügen: Nenn mich Steffi.

2 10012-10

Ihre Hand wurde ergriffen und geschüttelt, daß die Gelenke knackten. – „Was dagegen, wenn ich 'n bißchen Musik mache?“ fragte Meryl. Sie fragte in Englisch, und deshalb verstand Stefanie sie ganz gut.

Aber Meryl wartete eine Antwort gar nicht erst ab. Sie spurtete zu ihrem Recorder, drückte einen Schalter und drehte einen Knopf, und dann dröhnte es los, daß Stefanie dachte, ihre Trommelfelle würden platzen.

O Mann, der Krach in einer Disco klang wie eine Altblockflöte dagegen.

„Mach bitte etwas leiser“, bat Stefanie.

Keine Reaktion.

„Bitte, mach ein bißchen leiser.“ Stefanie hob ihre Stimme etwas.

Meryl nickte grinsend. Das war aber auch alles.

Stefanie zuckte mit den Achseln. Vielleicht war es besser, nicht gleich einen Streit anzufangen. Schließlich mußten sie ja irgendwie miteinander auskommen.

Sie versuchte, das Getöse einfach nicht zur Kenntnis zu nehmen – was natürlich völlig unmöglich war – und räumte ihren Rucksack aus. Meryl wühlte einige Zeit ziellos in ihren Sachen herum, dann stellte sie sich neben Stefanie und schaute ihr neugierig zu.

Plötzlich erspähte sie das Marzipankörbchen. Sie rief „wie süß“ oder irgendwas Ähnliches, man konnte es bei dem Lärm nicht verstehen, schnappte es sich, drehte es zwischen den Fingern – und fing tatsächlich an, die Cellophan-Verpackung aufzureißen!

Stefanie stand einen Augenblick wie versteinert. Und

dann rastete sie aus. Cool bleiben? Nee, nicht bei dem, was die sich rausnahm!

Mit einem Satz war sie bei ihr, riß ihr das Körbchen aus den Händen und brüllte auf englisch: „Nimm deine dreckigen Pfoten da weg und stell endlich den Scheißkasten leiser!"

Jetzt hatte Meryl verstanden. Sie ging zum Recorder und haute auf den Aus-Knopf.

Dann warf sie Stefanie einen wütenden Blick zu, fauchte in supergutem Französisch: „Du kannst mich mal!" und rauschte aus dem Zimmer.

Das könnte der Beginn einer wunderbaren Freundschaft sein, dachte Steffi, aber ihr war mehr zum Heulen als zum Lachen zumute.

Wo bin ich hier bloss hingeraten

Am nächsten Morgen wachte Stefanie mit ziemlich beklommenen Gefühlen auf. Der erste Morgen ohne ihren Vater und in einem fremden Land.

Sie streckte sich und rieb sich die Augen. Dann spähte sie vorsichtig zu dem anderen Bett hinüber. Gott sei Dank, da rührte sich noch nichts. Ihre Mitbewohnerin war bis über den Kopf unter der Decke vergraben und schnarchte vernehmlich.

Geräuschlos stand Stefanie auf, schlich zum Waschbecken und putzte sich so leise wie möglich die Zähne. Dann huschte sie über den Flur zur Dusche.

Nichts war zu hören auf dem Gang, nur von der Küche klangen gedämpfte Musik und das Klappern von Töpfen und Geschirr herauf. Während sie duschte, fiel ihr ein, daß ja heute der letzte Ferientag war. Die anderen würden wahrscheinlich erst im Lauf des Tages eintreffen.

Steffi war froh, daß sie noch eine Gnadenfrist hatte, bis sie all den fremden Schülerinnen und Schülern gegenübertreten mußte. Jeder kannte jeden, aber sie hatte niemanden, der ihr vertraut war ... Meryl war zwar in der gleichen Situation, aber das war nur ein äußerst schwacher Trost.

Als Stefanie in ihr Zimmer zurückkam, war Meryl schon wach und gähnte ausgiebig.

„Guten Morgen", sagte Steffi so freundlich wie möglich. Ein Knurren antwortete ihr. Na ja, mehr war wohl auch nach gestern abend nicht zu erwarten.

Sie zog sich an und lief die Treppe hinunter in den behaglichen kleinen Speisesaal. Pierre, Richard und Christine saßen schon beim Frühstück und winkten ihr zu.

„Setz dich zu uns!" rief Richard. Christine legte ihr fürsorglich ein knuspriges Hörnchen auf den Teller und goß ihr Kaffee ein.

Steffi merkte, wie sich der Klumpen in ihrem Magen allmählich auflöste. Nein, ganz allein war sie vielleicht doch nicht.

Sie frühstückten in aller Ruhe zusammen, dann bummelten die beiden Jungen und Steffi durch Villeneuve, sahen sich die alte Kirche an, spazierten am Seeufer entlang und aßen in einem kleinen Café einen extragroßen Eisbecher. Zum Mittagessen kehrten sie ins Internat zurück.

Im Speisesaal saßen die meisten alten Leute aus dem Seniorenheim; an einem Tisch ganz allein hockte Meryl. Die drei setzten sich zu ihr, und bald kam auch Christine.

Um Punkt ein Uhr öffnete sich die Schwingtür zur Küche, und Monsieur Lützelin trat heraus. „Mesdames et Messieurs, das Essen ist fertig", verkündete er strahlend und rieb sich die Hände.

Dann rollten Véronique und Madame Faber, die zweite Küchenhilfe, zwei große Wagen herein und servierten die Vorspeise. Es schmeckte köstlich. Monsieur Lützelin war wirklich ein Künstler! Vier Gänge ließ er auftischen, und einer war besser als der andere.

Stefanie dachte daran, was ihr Vater normalerweise kochte: Pizza aus dem Tiefkühlfach, verkohlte Steaks, matschiges Gemüse und Pudding aus der Tüte mit Klümpchen, und sie fand, daß die Schweiz auch ihre Vorzüge hatte.

Den anderen schmeckte es genauso gut wie ihr – mit einer Ausnahme: Meryl stocherte in ihrem Essen herum, als ob sie Chappi auf dem Teller hätte. Und dann verscherzte sie es sich für längere Zeit mit Monsieur Lützelin.

Als er nämlich wieder einmal den Kopf zur Tür hereinsteckte, um sich an den zufriedenen Gesichtern zu freuen, fragte sie laut: „Kann ich Ketchup haben?"

Für einen Augenblick herrschte Schweigen im Speisesaal. Der Koch starrte Meryl ungläubig an.

„Ketchup", stieß er dann hervor; er sprach es aus wie „Kähtschuhp" und mit aller Verachtung, deren er fähig war. „Kähtschuhp! Sie will diese herrliche, zarte Entenbrust mit Kähtschuhp begießen!" Er schnaubte noch einmal, dann zog er ohne ein weiteres Wort den Kopf zurück und ließ sich nicht mehr blicken.

Richard grinste hämisch, aber Meryl zuckte unbeeindruckt die Achseln.

„Na, dann eben nicht", sagte sie gleichgültig. „Wo gibt's hier einen anständigen Hamburger?"

„Hamburger?" wiederholte Christine. „Da mußt du dich schon bis zum ersten freien Nachmittag gedulden und nach Genf fahren."

„Was? Nach Genf?" Meryl war entsetzt.

Aber keiner kümmerte sich darum. Denn eben brachte Véronique den Nachtisch, eine Crème Caramel mit Obstsalat. Und die war so unbeschreiblich gut, daß keiner außer Meryl einen Gedanken an Hamburger verschwenden wollte.

Nach dem Essen wandte sich Christine an Steffi und Meryl. „Sagt mal, ihr beiden, wollt ihr heute nachmittag zu mir zum Tee kommen? Ihr wollt doch bestimmt noch eine Menge wissen über euer neues Zuhause! Am frühen Abend kommen die anderen; da werde ich kaum noch Zeit für euch haben."

Stefanie nickte eifrig, aber Meryl schaute nur verdrossen.

„Sie hat dich vielleicht nicht verstanden", meinte Stefanie.

Christine wiederholte ihr Angebot auf englisch. Doch Meryl schüttelte den Kopf.

„Nein, danke", sagte sie, „will lieber 'n bißchen Musik hören und schlafen. Schließlich sind noch Ferien."

Christine seufzte. „Na gut, wie du willst. Also, dann wir zwei allein." Sie nickte Stefanie zu. „Sagen wir gegen drei?"

„Einverstanden."

Einige der Schüler räumten die Tische ab, während die alten Leute noch plaudernd bei einer Tasse Kaffee beieinander blieben.

Steffi trug einen Stapel Teller in die Küche und setzte ihn neben der Geschirrspülmaschine ab. Sie hatte das Bedürfnis, dem schönen Jean zu sagen, wie köstlich es gewesen war, denn sie mochte ihn, trotz seiner kleinen Eigenheiten. Wer so wunderbar kochen konnte, der mußte ein guter Mensch sein!

Wo er wohl steckte? Die Küche war leer – vielleicht in dem kleinen Raum dahinter? Stefanie spähte durch die halboffene Tür.

O weh, da hatte sie sich einen schlechten Zeitpunkt ausgesucht! Der kleine Koch stand auf Zehenspitzen direkt hinter der hübschen Véronique und küßte sie in den Nacken. Da sauste auch schon ein Arm herum, und eine energische kleine Hand klatschte ihm auf die Backe.

„O Verzeihung, Monsieur, ich dachte, es wäre eine Bremse", sagte das Mädchen ungerührt.

Der schöne Jean stand da wie ein begossener Pudel und schaute so traurig, daß er Stefanie beinahe leid tat. Klar, das war eine saublöde Tour, ein Mädchen so anzumachen, und die Ohrfeige hatte er sich redlich verdient. Aber Stefanie ahnte, daß sich hinter der Pomade, dem albernen kleinen Schnurrbart und der Wolke von Rasierwasser jemand verbarg, der sich nach Liebe und Anerkennung sehnte.

Sie schlich leise davon. Bestimmt hatte sie noch oft Gelegenheit, den armen schönen Jean für seine Kochkunst zu loben.

Langsam ging sie die Treppe in den ersten Stock hinauf. Bevor sie zu Christine ging, hatte sie noch etwas anderes zu erledigen. Etwas, das unheimlich wichtig war, wenn sie es hier in der nächsten Zeit aushalten wollte. Sie mußte mit Meryl reden. Zu zweit mit jemand in einem Zimmer, mit dem man im Clinch lebte? Unmöglich!

Als sie in den Flur einbog, dröhnte es ihr entgegen: Uckaucka, wromm-totototo-wromm! Dazu jaulte die E-Gitarre und wimmerte der Synthesizer.

Stefanie verzog das Gesicht. Meryl hatte ihren Kasten wieder angeworfen. Heavy Metal. Wirklich ziemlich heavy.

Sie öffnete die Tür und trat ins Zimmer. Meryl merkte es

nicht mal, so laut war die Musik. Sie stand am Waschbecken und tuschte sich die Wimpern.

Stefanie musterte sie schweigend. Pinkfarbene Hot pants, giftgrüne Bluse, Schnürstiefel, Punkfrisur. Was sollte bloß der ganze Zirkus?

Entschlossen durchquerte sie das Zimmer und schaltete den Recorder aus.

„He, verdammt! Was soll das?“ Wütend fuhr Meryl herum.

„Bei dem Krach kann man nicht reden.“ Stefanie überwand ihren Ärger und ging mit ausgestreckter Hand auf Meryl zu. „Wollen wir uns nicht vertragen?“ bat sie. Sie sprach englisch, damit es bloß keine Mißverständnisse gab. „Wir müssen es doch hier zusammen aushalten!“

Meryl starrte auf Stefanies Hand, aber sie rührte sich nicht. „Du vielleicht“, fauchte sie. „Aber ich bleib hier nicht lang. Bei der ersten Gelegenheit mach ich die Fliege, kapiert? Und bis dahin“, sie machte eine weitausholende Handbewegung, „verläuft hier in dieser Bude eine Linie. Auf dieser Seite bin ich, auf der anderen du. Ist das klar?“

„Ist klar“, erwiderte Stefanie so ruhig wie möglich und zog ihre Hand zurück. Sie hoffte, daß die andere das Zittern in ihrer Stimme nicht bemerken würde. „Aber dann paß auf, daß auch dein Säuglingstechno nicht über die Linie kommt!“

„Leck mich!“

„Du wiederholst dich!“ sagte Stefanie, lief aus dem Zimmer und schlug die Tür nicht gerade sanft hinter sich zu.

Was bildete sich diese lollyfarbene Gewitterziege eigentlich ein? Wütend ballte sie die Fäuste.

Sie will mir das Leben zur Hölle machen! dachte sie. Sie ist bösartig und gemein!

Wenn sie gesehen hätte, wie Meryl auf ihrem Bett saß, ein Häufchen Unglück, die Hände vors Gesicht geschlagen und mit Wimperntusche verschmiert, hätte sie ihre Meinung vielleicht geändert. Aber das sah sie nicht.

Als sie vor Christines Zimmer stand, pochte ihr das Herz noch immer heftig.

Cool bleiben, Stefanie!

Sie klopfte.

„Komm rein!"

Die junge Erzieherin saß in ihrem großen Sessel und sah ihrem Gast entgegen. Dann fragte sie erstaunt: „Mein Gott, was ist mit dir los? Ist dir ein Tyrannosaurus über den Weg gelaufen?"

„Schlimmer!" Stefanie ließ sich in den anderen Sessel fallen. „Ich hasse sie!" brach es aus ihr hervor. „Kein Mensch kann mich zwingen, mit diesem Scheusal zusammenzuwohnen!"

„Du meinst Meryl?" fragte Christine ruhig. „Was ist passiert?"

Stefanie schilderte, was sich am Abend vorher und eben gerade abgespielt hatte. „Mit der kann ich's nicht aushalten", schloß sie. „Lieber schlaf ich im Pferdestall!"

Die Erzieherin sah sie nachdenklich an. „Ich kann dich gut verstehen", meinte sie dann. „Nur – wir haben kein anderes Zimmer frei im Moment. Schau, die anderen Mädchen haben alle Partnerinnen, mit denen sie sich gut verstehen. Soll ich eine von denen von ihrer Freundin trennen? Außerdem, wer sagt, daß die es leichter mit Meryl hätte? Ich werde mit ihr reden, das versprech ich dir. Aber gib ihr noch ein bißchen Zeit, sich einzugewöhnen." Sie lächelte. „Der Pferdestall ist jedenfalls keine Lösung. Da ist die Luft nämlich ziemlich dick!"

Doch so schnell war Stefanie nicht zu beschwichtigen.

„Dicke Luft haben wir auch", sagte sie. „Dicker als dick. Warum ist sie bloß so eklig?"

Christine breitete die Arme aus. „Ich weiß nicht viel von ihr. Nur das, was im Gutachten ihrer alten Schule steht. Den Rest muß ich mir selber zusammenreimen. Ich glaube, sie ist ein ziemlich armes Ding. Ihre Eltern haben unheimlich Kohle; ihre Mutter ist Beraterin des amerikanischen Außenministers, und ihr Vater gehört zum Wirtschafts- und Sozialrat der Vereinten Nationen. Sie müßten überhaupt nicht arbeiten, stinkreich wie sie sind, aber sie können nicht ohne leben. Immer auf Achse, verstehst du? Von einem Termin, von einem Geschäft, von einer Party zur anderen. Da bleibt keine Zeit für ein Kind. Deshalb war Meryl immer sich selbst überlassen, immer allein. Mit einem Kindermädchen, dem sie auf der Nase herumgetanzt hat, mit Riesentaschengeld und Swimmingpool und so, aber immer allein. In der Highschool ist sie so ausgeflippt, daß ihre Eltern sich entschlossen haben, sie hierher zu schicken. Und jetzt muß sie sich plötzlich fügen und mit jemand zusammenleben. Begreifst du, daß sie damit ihre Probleme hat?"

„Schon", murmelte Stefanie und sah Christine flehentlich an. „Aber wenn ich sie nicht ertragen kann? Wenn sie mich bloß schikaniert?"

„Bitte, versuch's noch ein bißchen. Wenn es gar nicht geht, müssen wir eine andere Lösung finden. Schlimmstenfalls müssen wir sie zurückschicken. Aber gib ihr noch eine Chance!"

Stefanie dachte an das pummelige Mädchen mit dem schrillen Outfit, das ein paar Zimmer weiter hockte und sich Heavy Metal und Techno reinzog. Allein. Sie fühlte ein bißchen Mitleid.

„Okay", sagte sie. „Ich versuch's."

Die Erzieherin lächelte ihr zu. „Das ist lieb von dir. Du wirst es schon schaffen."

Dann tranken sie gemütlich Tee zusammen, und in den nächsten zwei Stunden erfuhr Stefanie alles, was sie über das Leben im Internat wissen mußte.

Schließlich sah Christine auf die Uhr. „Herrje, jetzt muß ich dich aber rausschmeißen. Bevor das Haus wieder richtig voll ist, hab ich noch eine Menge mit Madame Wälterli zu besprechen. Also, halt die Ohren steif! Weißt du, in Schloß Vermont läßt es sich sehr gut leben. Das wird auch Meryl bald merken, und dann wird sie ihre Kratzbürstigkeit schon ablegen."

Stefanie hatte gehofft, den Rest des Tages mit Richard und Pierre verbringen zu können. Aber daraus wurde nichts. Denn am späten Nachmittag trudelten allmählich die anderen Internatsbewohner ein; als sie im zweiten Stock, wo die Jungen wohnten, eben an Richards Zimmertür klopfen wollte, hörte sie dahinter Stimmengewirr und fröhliches Gelächter. Enttäuscht schlich sie wieder nach unten.

Das hätte sie sich denken können! Richard feierte Wiedersehen mit seinen Freunden. Die wollten bestimmt unter sich bleiben, da störte sie nur, da war sie eine Fremde.

Sie beschloß, ein bißchen zu lesen, und ging auf ihr eigenes Zimmer zu.

Ucka-Ucka, wromm-totototo-wromm! Das durfte nicht wahr sein! Stefanie machte auf dem Absatz kehrt. Den ganzen Ärger noch mal von vorn? Lieber würde sie im Park die Grashalme zählen.

Plötzlich war das Heimweh wieder da. Was würde sie darum geben, jetzt mit Papa auf der Terrasse zu sitzen oder drinnen vor dem großen Kachelofen und aufs Meer hinauszuschauen! Statt dessen mußte sie mutterseelenallein spazierengehen oder sich von dieser Pute tyrannisieren lassen.

Während sie mit gesenktem Kopf über die gepflegten Parkwege stapfte, malte sie sich aus, wie sie ihre Zimmergenossin loswerden könnte: sie mit Hamburgern füttern, bis sie vielleicht platzte. Ihr ein Schlafmittel in den Kaffee schütten und sie dann ins nächste Flugzeug nach Amerika befördern. Sie auf einer Insel im Genfer See aussetzen.

Immer finsterer wurden ihre Phantasien. King Kong! King Kong sollte sie holen! Stefanie stellte sich vor, wie ein gewaltiger, behaarter Gorillaarm durch das Fenster griff und wie der Pummelpunk mitsamt seinem verdammten Recorder in der Riesenhand verschwand – auf Nimmerwiedersehen.

Stefanie grinste wütend vor sich hin. Bei dem Ucka-ucka, wromm-totototo-wromm würde wahrscheinlich sogar King Kong in Panik geraten. Nee, die wurde sie nicht los! Gegen die half bloß eins: cool bleiben!

Plötzlich blieb sie wie erstarrt stehen. Wer hatte da geschrien?

Da vorn, hinter dem Stamm der großen Kastanie, lag etwas auf dem Weg, etwas das wie ein dickes buntes Kleiderbündel aussah. Was war da passiert? Stefanie rannte los.

Mensch, das war doch die alte Frau Bodmer, die gestern so freundlich gegrüßt hatte!

Keuchend blieb sie stehen. „Warten Sie, ich helfe Ihnen!"

„Sehr nett von dir, meine Liebe", ächzte die alte Dame. „Ich hasse es ja, wenn ich nicht selber auf die Beine komme. Aber heute hat es mich ziemlich erwischt!"

Stefanie trat hinter sie, griff ihr unter die Achseln und versuchte sie hochzustemmen. Unmöglich!

Madame Bodmer lächelte ein wenig mühsam. „Das sind wohl ein paar Kilochen Speck zuviel für dich, mein Kind", sagte sie. „Aber Monsieur Lützelin kocht eben so gut, und wenn man selten jemanden zum Reden hat, dann verlegt man sich halt aufs Essen." Sie verzog das Gesicht vor Schmerzen und stöhnte leise.

„Ich weiß was", meinte sie dann. „Da liegt mein Stock, wenn du mir den in die Hand gibst, kann ich mich abstützen. Dann klappt es vielleicht."

Tatsächlich schafften sie es mit vereinten Kräften. Madame Bodmer lehnte sich erschöpft an den dicken Stamm der Kastanie.

Stefanie sah sie erschrocken an. Mein Gott, die hatte sich wirklich ganz schön zugerichtet! Über ihre rechte Wange lief ein langer, blutiger Kratzer, ihre Brille war verbogen, und der Ärmel ihrer Bluse war aufgerissen.

„Soll ich nicht lieber Hilfe holen?“ fragte Stefanie. „Vielleicht haben Sie sich was gebrochen oder verstaucht ...“

„Ach was, meine Knochen sind so gut gepolstert, die können gar nicht brechen. Es ist nur die verdammte Hüfte, weißt du, das Gelenk ist abgenützt. Coxarthrose nennen das die Ärzte. Und das tut manchmal ein bißchen weh.“

„Ein bißchen sehr, glaub ich“, sagte Stefanie mitleidig. „Sie sind ganz schön tapfer!“

„Überhaupt nicht“, entgegnete die alte Dame. „Aber stell dir vor, ich würde bloß jammern und überhaupt nicht mehr aufstehen. Dann könnte ich mich ja gleich unter die Erde legen lassen!“ Entschlossen hob sie den Kopf. „Also gut, meine Liebe, wenn du so freundlich sein willst, mir noch ein bißchen zu helfen, dann könnten wir uns jetzt auf den Weg machen.“

Mühsam bewegten sie sich vorwärts, die mollige alte Frau stützte sich so schwer auf die zierliche Stefanie, daß die manchmal glaubte, sie würde es nicht schaffen. Aber dann blickte sie in das rundliche, freundliche Gesicht, dem man die Schmerzen ansah, obwohl ständig ein Lächeln darauf lag, und sie riß sich zusammen.

Schließlich erreichten sie das Seniorenheim.

„So, endlich!“ seufzte die alte Dame und blieb einen Augenblick stehen. „Ich dachte, wir würden nie ankommen! Ohne deine Hilfe, mein Kind ... Sag mal, du bist neu hier, nicht? Wie heißt du eigentlich?“

„Stefanie. Sagen Sie Steffi“, antwortete Stefanie.

„Ist gut, Steffi.“ Madame Bodmer lächelte. „Also, ohne dich läge ich jetzt noch da draußen ... Ich danke dir sehr!“

„War doch nicht der Rede wert", meinte Stefanie verlegen. „Kommen Sie, ich begleite Sie in Ihr Zimmer!"

Gemeinsam gingen sie langsam in das Gebäude.

„Gott sei Dank wohne ich parterre", stöhnte Madame Bodmer, zückte einen Schlüssel und sperrte die Tür auf.

„Mensch, das ist ja 'ne richtige Wohnung!" staunte Stefanie.

„Ja, mit allem Komfort. Uns geht es wirklich gut hier. Nur manchmal, wenn man die Stimmen von euch jungen Leuten hört, fühlt man sich ein bißchen einsam."

Die alte Frau sagte das leichthin, aber Stefanie merkte, daß mehr dahintersteckte. Wie kam es, daß die nette Oma niemanden hatte, der sich um sie kümmerte?

„Ist jemand da, der Ihnen helfen kann?" fragte sie. „Vielleicht der Herr, der neulich mit Ihnen auf der Terrasse war?"

„Monsieur Leroux?" Madame Bodmer hob abwehrend die Hände. „Nein, der ist dafür wirklich nicht der Richtige, fürchte ich."

„Dann bleib ich noch", sagte Stefanie entschieden.

Aber die alte Dame wehrte erneut ab. „Kommt nicht in Frage. Ich würde mich über deine Gesellschaft sehr freuen. Aber nicht gerade, wenn ich griesgrämig und voller Schmerzen im Sessel hocke. Wenn ich tatsächlich jemanden brauchen sollte, ist Madame Charpentier da, unsere Betreuerin. Also komm mich besuchen, wenn es mir wieder bessergeht, versprochen?"

„Versprochen." Stefanie blickte in das runde, runzlige, verkratzte Gesicht mit den braunen Locken drumherum, in denen nur ein paar graue Strähnen zu sehen waren.

Plötzlich verspürte sie echte Zuneigung zu der alten Frau. Sie kam ihr vor wie – wie ein Stück Zuhause. Am liebsten wäre sie ihr um den Hals gefallen. Aber das tat sie nicht. Statt dessen sagte sie nur: „Bis bald! Und gute Besserung!“

„Ich danke dir, Steffi“, erwiderte Madame Bodmer und sah ihrer neuen Freundin nach. Merkwürdig, trotz ihrer Schmerzen fühlte sie sich wohler als seit langem.

Draußen atmete Stefanie tief die spätsommerlich warme Abendluft ein.

Ich werde mich um sie kümmern, dachte sie. Ganz bestimmt!

Dann mußte sie unfreiwillig kichern. Mein Gott, mit einer verrückten Punkerin im Zimmer und einem Altenheim in der Nachbarschaft! Wo war sie da bloß hingeraten?

Willkommen in Schloss Vermont

Am nächsten Morgen war es dann soweit: Die Schule fing an. Vor dem Frühstück wartete Richard auf Stefanie, die darüber sehr erleichtert war.

„Tut mir leid, daß ich dich gestern nachmittag sitzen gelassen hab", sagte er verlegen. „Aber es gab total viel zu erzählen – ich hab dich ganz einfach vergessen!"

Entzückend, diese Ehrlichkeit, dachte Stefanie und sagte leichthin: „Nicht so schlimm!"

Doch das klang wohl nicht ganz echt, denn Richard lenkte schnell ab: „Komm jetzt, du mußt die anderen kennenlernen!"

Rasch liefen sie die Treppe hinab.

„Was ist mit deiner liebreizenden Nachbarin?" erkundigte sich Richard.

„Die ist mir piepegal", lautete die kurze Antwort.

„Aha, Zoff gehabt", stellte Richard fest.

„Zoff ist gar kein Ausdruck. Wenn die sich nicht ändert, nehm ich 'nen Strick."

„Für dich oder für sie?" Richard grinste. „So, da wären wir."

Obwohl von den alten Herrschaften noch kaum einer da war, war der Speisesaal doch viel voller als gestern – und lauter.

Zielsicher ging Richard auf einen Tisch zu. „Das ist Stefanie aus Deutschland", verkündete er.

Stefanie fühlte sich ziemlich unbehaglich. „Salut“, sagte sie schüchtern.

„Salut“, schallte es im Chor zurück.

Richard übernahm die Vorstellung. „Mein Brüderchen kennst du ja schon. Das da ist Tom.“ Er zeigte auf einen kräftigen, farbigen Jungen in blütenweißem Lacoste-T-Shirt und mit Goldkettchen um den Hals. „Genannt der Schwarze Prinz.“

Der Junge lächelte freundlich und kein bißchen beleidigt. Sein Spitzname schien ihm zu gefallen.

„Wo ist eigentlich deine Märchenprinzessin, Tom?“

Auch diese Frage brachte Tom nicht in Verlegenheit. „Laura? Die kommt eine Woche später. Sie macht mit ihrer Mutter Urlaub auf Hawaii.“

„Laura und Tom sind nämlich das Traumpaar von Schloß Vermont“, erklärte Richard.

„Na, vielleicht gibt's demnächst noch eins“, rief da eine Stimme spöttisch dazwischen.

„Was? Wieso?“ fragte Richard erstaunt, dann begriff er, warf einen schnellen Blick auf Stefanie und wurde feuerrot. „Du hast dich jedenfalls nicht geändert, Carlotta“, knurrte er. „Immer noch frech wie ein Bikini ohne Oberteil.“ Dann fügte er hinzu: „Das ist Carlotta aus Italien. Redet wie ein Buch und weiß alles – über jeden.“

Das schlanke Mädchen mit den rotblonden Haaren nickte Stefanie liebenswürdig zu. „Stimmt haargenau. Aber ihr solltet euch jetzt lieber hinsetzen, wenn ihr zufällig Hunger habt. In einer halben Stunde beginnt nämlich pünktlich das alljährliche Elend.“

Das ließen sich die beiden nicht zweimal sagen, denn in einem großen Korb lagen verlockend aussehende Hörnchen, Rosinenschnecken und frisches Baguette.

„Typisch. Mich vergißt man wieder", sagte da die sechste am Tisch, ein Mädchen mit dunkelblonden Haaren und einer dicken Hornbrille. Und dann sprudelte sie los. „I bin die Alexandra, vo Plochinge, des isch bei Stuaget, weisch, liebs Herrgöttle vo Biberach, des isch mei gröschte Sorge gwä, des wieder keiner da isch, wo mit mir deutsch schwätze ka ..."

„Halt, halt, nicht so schnell", unterbrach Stefanie lachend, „für eine von der Waterkant ist das fast schwerer als Französisch!"

Hungrig machten sich die Kinder über das Frühstück her.

Beim dritten Hörnchen dachte Steffi flüchtig an Meryl. Ob die wohl immer noch knackte? Na ja, ihr Problem. Wahrscheinlich würde sie ohnehin bloß jammern, weil es zum Frühstück keine Hamburgers gab.

Eine Viertelstunde vor Schulbeginn klang vom Eingang des Speisezimmers lautes Händeklatschen herüber. Alle blickten auf. Da standen Christine und ein langer, dünner Typ mit Brille und Igelfrisur.

„Wer ist denn das?" fragte Stefanie.

„Jacques, der Erzieher der Jungen", antwortete Tom. „Bißchen langweilig, aber als Fußballspieler absolut spitzenmäßig."

Wieder ertönte das Klatschen. „Ruhe bitte! Die Damen und Herren des Internats mal herhören!" rief Christine. „Der Tagesablauf ist euch bekannt. Wer ihn wider Erwarten vergessen haben sollte, kann ihn am Schwarzen Brett nachlesen."

„Absolute Pünktlichkeit ist angesagt!" dröhnte es dazwischen. Der lange Dünne hob einen langen, dünnen Zeigefinger. „Stellt euch mal vor: ein Fußballspiel, und die Hälfte kommt zu spät ..."

„Ja, ja, schon gut, Jacques", unterbrach ihn Christine und klopfte ihrem Kollegen auf die Schulter, was ziemlich komisch aussah, denn er war glatte dreißig Zentimeter größer als sie.

„Pünktlichkeit ist wirklich wichtig. Jedenfalls manchmal. Aber ich muß euch an was anderes erinnern. Vor dem Frühstück müssen die Betten gemacht und die Zimmer aufgeräumt werden. Das scheinen die meisten in den Ferien total verdrängt zu haben. Und jetzt macht euch schleunigst auf die Socken! Um Viertel nach acht treffen sich alle in der Aula."

Als sie mit den anderen den Raum verließ, sah Steffi eine kleine, rundliche Gestalt auf sich zuhinken, die ihr schon sehr vertraut vorkam. „Guten Morgen, Madame!" rief sie erleichtert. „Ist wieder alles okay?"

Die alte Dame krauste die Nase. „Aber selbstverständlich, Steffi. Alte Knochen sind zwar mürbe, aber altes Fleisch ist zäh. Viel Spaß in der Schule!"

Stefanie winkte ihr noch einmal zu, dann lief sie den anderen hinterher.

Die Aula in dem hellen, modernen Schulgebäude war gefüllt mit eifrig schwatzenden Schülerinnen und Schülern aller Altersgruppen.

Richard zog Stefanie in die letzte Stuhlreihe. „Ungefähr

160 sind wir“, erklärte er, „Mehrzahl Mädchen. Im Internat wohnen aber bloß dreißig. Die anderen leben bei ihren Eltern hier in der Gegend oder in Genf.“

Ein hochgewachsener Junge mit Anzug und Krawatte, tadellos gekämmt, schob sich an ihnen vorbei. „Guten Morgen, mein Bester“, näselte er.

„Morgen!“ erwiderte Richard kurz. „Philippe heißt der Kerl“, raunte er Stefanie ins Ohr, „geht in die achte. Ein aufgeblasener Lackaffe.“

„Die meisten hier sind wohl Franzosen oder Schweizer?“ wollte Stefanie wissen.

„Ach woher. Einen so bunt gemischten Haufen findest du so bald nicht wieder. Manchmal ist das ganz schön kompliziert, sag ich dir. Die beiden Dicken da vorne zum Beispiel, Achmed und Hussein, kommen aus Kuweit. Für die muß Monsieur Lützelin meistens extra kochen, denn sie essen nur das Fleisch von Tieren, die auf besondere Weise geschlachtet worden sind, und überhaupt kein Schwein. Aishe, die Kleine mit dem Kopftuch zwei Reihen vor uns, ist Türkin. Ihre Eltern haben ihr verboten, mit den anderen Sport zu treiben. Schwimmen darf sie auch nicht.“

„Wieso das denn nicht?“ Stefanie war ganz bestürzt. Nicht schwimmen dürfen, das erschien ihr als Katastrophe hoch zehn.

„Sie finden es ungehörig, wenn ein Mädchen zu viel von ihrem Körper zeigt. Deshalb zieht sie auch den ganzen Tag ihr Kopftuch nicht aus. Wer weiß, vielleicht schläft das arme Ding sogar damit.“ Richard hob die Schultern. „So ist das nun mal. Andere Länder, andere Sitten. Bei uns gibt's Japaner und Chinesen, Norweger und Filipinos, Russen und Ägypter. Und alle haben ihre besonderen Gewohnheiten."

„Und die sprechen alle so gut französisch, daß sie im Unterricht ohne Probleme mitkommen?"

„Denkste." Richard lachte. „Längst nicht alle können so gut wie du ... aber paß auf, gleich erfährst du alles."

Mit einem Schlag war der Lärm verstummt. Vorne auf der Bühne stand ein Mann und hob die Hand. Er war groß und breitschultrig, und über dem Gürtel seiner ausgeblichenen Jeans beulte sich sein Hemd zu einer beachtlichen Rundung aus. Sein dunkles Haar war kurz geschnitten, sein Gesicht zierte ein Vollbart, der anscheinend nach Herzenslust in alle Richtungen wachsen durfte.

„Monsieur Lefebre, Englisch- und Französischlehrer. Echt super in Ordnung, das sieht man schon daran, daß Hühnerauge ihn nicht ausstehen kann", konnte Richard gerade noch sagen, dann legte der Mann los – sein Organ war mindestens so laut wie das von Jacques, dem Erzieher.

„Mesdames et Messieurs, Ladies and Gentlemen, meine Damen und Herren, Signore e Signori, Señoras y Señores ...", und so weiter – in mindestens einem Dutzend Sprachen.

„Das macht er immer", flüsterte Richard, „damit sich alle gleich zu Hause fühlen."

Monsieur Lefebre fuhr fort: „Nachdem nun endlich die widerwärtige und überflüssige Zeit der Ferien zu Ende ist ..."

Gelächter und Buhrufe.

„Nachdem die grauenhaften und langweiligen Ferien endlich vorbei sind", bekräftigte Monsieur Lefebre unbeirrt, „können wir uns nun wieder den schönen und wichtigen

Dingen des Lebens zuwenden: Französisch, Englisch, Deutsch, Mathematik, Physik ..."

Erneut Pfiffe, Lachen und Johlen.

Als der Lärm verstummt war, öffnete sich plötzlich die Tür. Wie viele andere wandte Stefanie neugierig den Kopf. Natürlich. Meryl war's.

„Ah", tönte die Stimme des Lehrers, „die Fürstin kommt als letzte, aber Hauptsache, die Fürstin kommt überhaupt. Willkommen, Durchlaucht!"

Mit trotzig zurückgeworfenem Kopf setzte sich Meryl auf einen freien Platz.

„Das bringt mich auf etwas", rief Monsieur Lefebre, „was ihr auf keinen Fall vergessen solltet: Jeder von euch besitzt ein eigenes Fach, und wer wie die junge Dame da eben zu lange pennt oder sonstwie den Regeln dieser Anstalt zuwiderhandelt ...", seine Stimme nahm einen Tonfall an, der wohl streng klingen sollte, „der wird bald den einen oder anderen gelben Zettel darin finden ..."

Weiter kam er nicht. Lautes Gelächter füllte den Raum, die Pfiffe gellten ohrenbetäubend.

„Gelbe Zettel? Was für gelbe Zettel?" wollte Stefanie wissen.

Richard verzog das Gesicht. „Eine Spezialität vom Hühnerauge. Der merkt, sieht und hört alles. Und wenn jemand irgendwas falsch gemacht hat, dann kriegt er einen gelben Zettel, alle, auch die Erzieher, die Lehrer und der Koch. Aber die können ihre Zettel zum ... Du weißt schon, wozu benutzen. Bloß wir armen Schweine, wir müssen dann 'ne Woche Küchendienst schieben, den Gruftis die Wohnungen putzen oder sonstwas."

Stefanie schaute nicht begeistert. „Und wieviel von den Dingern hast du schon gekriegt?"

„Kann ich nicht mehr zählen. Und mein tugendhaftes Brüderchen könnte die ganze Aula damit tapezieren." Richard lachte.

Obwohl ihr vor diesem Direktor zunehmend grauste, mußte Stefanie mitlachen. „Wo ist eigentlich der hochwürdige Leiter unserer Anstalt? Will er uns nicht begrüßen?"

Richard schüttelte den Kopf. „Der doch nicht. Das wär total unter seiner Würde. Die Neuen bestellt er sich extra, jeden einzeln. Dann kann er gleich erzieherisch auf sie einwirken. Wirst schon sehen, du kommst auch bald dran."

Inzwischen hatte sich die allgemeine Heiterkeit gelegt, und Monsieur Lefebre konnte seine kleine Ansprache fortsetzen. Sein Tonfall hatte sich geändert, die gespielte Strenge war wieder verschwunden.

„Also, Leute, ich will's kurz machen: herzlich willkommen in Schloß Vermont, und viel Erfolg im neuen Schuljahr!" Er breitete die Arme aus. „Und mit Erfolg meine ich nicht bloß gute Leistungen, sondern auch einen ganzen Haufen Freude. Schule ist nämlich nicht nur zum Pauken da!" Sein Lächeln wurde so breit, daß man es bis in die letzte Reihe sah. „Aber das haben die meisten von euch ja schon ganz hervorragend kapiert. Also, paßt auf: Um neun Uhr versammelt ihr euch in euren Klassenräumen. Welche Klasse wohin gehört, steht auf einer Liste, die neben dem Geschäftszimmer aushängt. Ihr bekommt dann eure Bücher und die Stundenpläne und erfahrt, wer eure Lehrer sind." Betrübt schüttelte er den Kopf. „Auch in diesem Jahr hat es sich nicht vermeiden lassen, daß etliche das Pech haben, mit mir auskommen zu müssen ...“

Spontanes Händeklatschen erfüllte den Raum.

Ein netter Kerl, dachte Stefanie, aber eitel ist er auch ganz schön. Den Applaus genießt er jedenfalls.

Tatsächlich wartete Monsieur Lefebre, bis der letzte Klatscher verebbt war. „Die Neuen bleiben bitte hier, damit ich ihr Französisch ein bißchen testen kann. Wer 's nötig hat, kriegt Extrastunden, kostenlos, bei einer erstklassigen Lehrkraft, nämlich mir. Es bringt schließlich nichts, ein Jahr lang sinnlos hier herumzusitzen und nichts zu verstehen außer der Pausenglocke. So, das war's schon, jetzt könnt ihr abschwirren. Um Punkt neun Uhr geht's weiter, kommt bloß nicht zu spät. Denkt an die kleinen gelben Zettel!“

Lärmend strömten die Jungen und Mädchen aus der Aula. Nur ungefähr 20 blieben sitzen.

„Kommt zu mir, meine Lieben!“ rief Monsieur Lefebre und winkte.

Langsam erhoben sich die Neuen und gingen auf ihn zu.

„Vite! Vite! Allez! Allez!“

Als sie endlich bei ihm auf der Bühne hockten, setzte er sich ohne Umstände zwischen sie. „Regt euch bloß nicht auf“, meinte er, und seine braunen Augen strahlten, „es ist wirklich nicht schlimm.“

Und das war es auch nicht. Er unterhielt sich einfach mit ihnen, fragte dies und das, so, daß alle regelmäßig drankamen.

Als er sich bei Meryl nach ihrer alten Schule erkundigte, zögerte sie einen Moment und sagte dann stockend: „Ich gehen in der zivilen Mädchenanstalt von die Stadt Houston der Staat Texas."

Alle kicherten, aber Monsieur Lefebre stoppte sie sofort. „Still!" rief er. Dann stieß er einen völlig unverständlichen Wortschwall aus, mit einer Geschwindigkeit, daß allen die Ohren klangen.

„Na, übersetz das mal!" befahl er einem kleinen Japaner, der sich fast verschluckt hatte vor Vergnügen über Meryls Französisch. Der Junge blies die Backen auf und starrte ihn aus großen Mandelaugen sprachlos an.

„Was, das kannst du nicht? Das war doch ganz einfach! Das heißt: ‚Hol dich der Teufel, du widerliches Stinktier, wenn du mir noch einmal in mein Bier spuckst, dann werd ich es dir über deinen verlausten Schädel gießen!' Weiß wenigstens jemand, was das für eine Sprache war?"

Alle schauten ratlos. Schließlich meldete sich eine blonde Engländerin und schlug vor: „Kisuaheli vielleicht?"

„Ja, beinahe", erwiderte Monsieur Lefebre vergnügt, „das war Walisisch, gleich bei dir um die Ecke!" Dann wurde er ernst. „Es gibt Tausende von Sprachen und Dialekten", erklärte er. „Ihr kennt einen Bruchteil davon, ich bloß ein paar mehr. Also hat niemand von uns Grund zu lachen, wenn jemand in der französischen oder sonst einer Sprache ... mmh ... noch nicht so ganz zu Hause ist, verstanden?"

In dem Stil ging es weiter. Nach einer Stunde sagte er: „Ich denke, das reicht. Jetzt blick ich durch." Traurig sah er seine neuen Schülerinnen und Schüler an. „Für die meisten von euch ist eine Katastrophe eingetreten." Er machte eine bedeutungsvolle Pause.

Stefanie durchfuhr ein eisiger Schreck. Verdammt, sie hatte es nicht geschafft! Sie mußte extra Französisch büffeln! Und das garantiert auch noch zusammen mit Meryl, sechs Stunden jede Woche. Da half der netteste Lehrer nichts! Sie ballte die Hände zu Fäusten. Cool bleiben, Stefanie!

Da verzog sich das Gesicht des Lehrers zu dem strahlenden Lächeln, das sie nun schon kannte.

„Die Katastrophe besteht darin, daß die meisten nicht in den Genuß kommen, sich zusätzlich in der wunderbaren französischen Sprache üben zu dürfen. Nur einige wenige haben das Vergnügen ..." Er nannte Meryl, das englische Mädchen und noch ein paar andere.

Stefanie war nicht dabei. Sie schnaufte vor Erleichterung. Mitfühlend sah sie zu ihrer Zimmergenossin hinüber, die mit zusammengebissenen Zähnen vor sich hinstarrte. Arme Meryl! Aber dann fiel ihr ein, was das für sie bedeutete: sechs Stunden zusätzlich pro Woche ohne ucka-uckawromm-totototo-wromm, ohne Streit und miese Stimmung!

Beschwingt ging sie in ihre neue Klasse. In die fünfte. Schade, Richard war schon in der sechsten. Aber Alexandra „vo Plochinge, des isch bei Stuaget" hatte ihr den Platz neben sich freigehalten; Meryl saß ganz am anderen Ende des Klassenzimmers, und so sah Stefanie durchaus hoffnungsvoll in die Zukunft.

Weil es in der ganzen Klasse bloß fünfzehn Schüler gab, neun Mädchen und sechs Jungen, kam man dauernd dran und mußte höllisch aufpassen. Aber das fiel Stefanie viel leichter als ihrer Nachbarin, die pausenlos zu einem kleinen „Schwätzle" aufgelegt war.

In der ersten Stunde nach der Begrüßung war Mathe dran. Monsieur Meunier, der Mathelehrer, war ein so trockener Typ, daß er unter Wasser noch gestaubt hätte. Gott sei Dank ging die meiste Zeit mit dem Austeilen der Bücher drauf. Danach gab es Englisch und Französisch bei Monsieur Lefebre, da kam keine Minute Langeweile auf.

Die vierte Stunde war die schlimmste. Eine zaundürre Person mit grauen Haaren und Brille betrat die Klasse: Madame Isenbeque, die Biologielehrerin. Die Schüler nannten sie *Fourchette*, die Gabel, und tatsächlich war alles scharf und spitz an ihr: ihre Zunge, ihre Stimme und ihre Gestalt. Sie war völlig humorlos und ständig beleidigt, und ihr Unterricht war so spannend wie das Testbild vom Norddeutschen Fernsehen.

Stefanie seufzte erleichtert, als die Folter durch die Pausenglocke beendet wurde. Gott sei Dank mußte man diese begnadete Lehrkraft nur zwei Stunden in der Woche aushalten!

Aber ihre Erleichterung hielt nicht lange an. Die Glocke hallte nämlich noch, da stürmte ein Schüler in die Klasse und verkündete atemlos: „Nach dem Mittagessen, um vierzehn Uhr, sollen Meryl Foster und Stefanie Hansen zum Hühnerauge ...“ Er unterbrach sich und wurde rot wie eine Tomate. „... ich meine natürlich, sie sollen zum Direktor kommen!“

Steffi hörte kaum den scharfen Tadel, den die Gabel dem Unglücklichen für seine Entgleisung erteilte. Sie dachte nur an eins: Allein beim Hühnerauge – na, das konnte heiter werden!

Das wunderbare Mittagessen verspeiste sie ohne Appetit,

hinterher hätte sie nicht einmal genau sagen können, was es eigentlich gegeben hatte. Dann machte sie sich, versehen mit Richards Segenswünschen, auf den Weg ins Direktorat.

Meryl war schon dort. Sie überhörte eisig Stefanies „Salut“ und sah in die Luft, während sie im Flur warteten.

Die Zeit verging. Aha, pünktlich sollten wohl bloß die anderen sein, für den großen Zampano galt das nicht.

Die Taktik ist klar, dachte Stefanie. Schmoren lassen und weichkochen. Der Spitzname *Hühnerauge* ist noch geschmeichelt für den.

Endlich öffnete sich die Tür, und die Sekretärin steckte den Kopf heraus: „Meryl Foster, bitte“, sagte sie kurz.

Auch das noch. Noch länger warten.

Aber, o Wunder, nach kaum fünf Minuten kam Meryl schon wieder heraus, machte eine lässige Handbewegung, die soviel heißen sollte wie rein mit dir, und rauschte davon. Warum das so schnell gegangen war? Klar, die hatte ihre Lektion schon gestern auf dem Schulhof gekriegt.

Mit kleinen Schritten durchquerte Stefanie das Sekretariat, ging durch die geöffnete Tür in das Zimmer des Direktors, schloß sie leise und blieb dann stehen.

Monsieur Corman saß hinter seinem großen Schreibtisch und schrieb, scheinbar ohne sie zu bemerken.

Dieselbe Taktik. Bis einer so schlapp war wie eine zerkochte Eiernudel und so klein, daß er gerade noch über den Teppichflor gucken konnte.

Warum fürchte ich mich eigentlich vor dem? fragte sich Stefanie. Ich hab doch gar nichts gemacht!

Sie sah ihn sich genauer an. Tadelloser Anzug, hellgrau

mit dunkelgrauen Streifen, weißes Hemd, rote Krawatte. Lange Nase, die dauernd zuckte. Dünne Lippen. Sorgfältig gekämmtes, glattes, graublondes Haar.

Die Farbe, dachte Stefanie. Woran erinnert mich seine Haarfarbe?

Dann wußte sie es. Sein Haar sah genauso aus wie der Schlick im Wattenmeer. Sie stellte sich vor, wie plötzlich Bewegung hineinkäme und ein kleiner Wattwurm seinen Kopf herausstreckte und in die Gegend schaute. Plötzlich mußte sie sich zusammennehmen, um nicht zu kichern.

Aber dann wurde ihr die Warterei zu blöd. „Guten Tag, Monsieur“, sagte sie.

Der Direktor hob endlich den Kopf. „Guten Tag, mein Kind.“

Hühnerauges Kind? Das fehlte noch!

Seine Stimme klang, als hätte er einen Frosch im Hals und eine Wäscheklammer auf der Nase. „Ich habe dich zu mir bitten lassen ...“

Klar. Man bat nicht. Man ließ bitten.

„... um dich herzlich willkommen zu heißen ...“

Vielen Dank. Aber das wär doch gar nicht nötig gewesen.

„... und dir ein paar Dinge mit auf den Weg durch das Jahr in deiner neuen Schule zu geben.“

Aha, jetzt kam's.

„Wir sind eine Anstalt von hervorragendem Ruf. Dieser Ruf hängt wesentlich auch vom Benehmen unserer Schülerinnen und Schüler ab. Ich möchte, daß du dir darüber von Anfang an im klaren bist.“

„Ja, Monsieur.“ Stefanie hätte sich gern hingesetzt.

„Einwandfreie Pflichterfüllung, Ordnung und Pünktlichkeit werden von dir ebenso erwartet wie tadelloses Benehmen in der Öffentlichkeit."

Ja ja, natürlich, was denn sonst!

„Denke immer daran: Unsere Schule gehört zur wichtigsten Organisation der internationalen Staatengemeinschaft. Das bedeutet eine besondere Verpflichtung!"

Ob er jetzt bald fertig war?

„Wenn du dich an die Regeln hältst, wirst du hier eine unvergeßliche und glückliche Zeit verbringen, da bin ich ganz sicher."

Klar, mit ihnen als Direktor, mit dem Pummelpunk auf einem Zimmer, mit dem See anstatt dem Meer und mit lauter Bergen, die einem die Aussicht versperren. Bestimmt ganz unvergeßlich!"

„Also, liebes Kind, willkommen in Schloß Vermont! Wenn du Probleme hast, kannst du jederzeit zu mir kommen!"

Sagte die Klapperschlange zum Goldhamster. „Vielen Dank, Monsieur."

„Du darfst jetzt gehen."

Ob ich einen Hofknicks machen muß? „Au revoir, Monsieur, et bonne journée!"

Puh, das wäre überstanden. Stefanie hörte nicht den Seufzer, den Hühnerauge ihr hinterherschickte. Ach, mit diesen Kindern war es heutzutage wirklich nicht einfach. Anstandsregeln zählten nichts mehr, Vorschriften schienen nur zum Übertreten dazusein, und die Ratschläge der Erwachsenen wurden meist in den Wind geschlagen. Bei Gott, früher war es nicht so arg gewesen!

Die Kleine eben, die schien ja noch ganz brav und anstellig zu sein, aber die andere, diese Meryl Foster! Was für ein entsetzliches Äußeres die hatte. Wenn die jemand vom Stiftungsvorstand sah – nicht auszudenken! Aber er würde sie schon hinkriegen. Er würde ein nützliches Mitglied der menschlichen Gesellschaft aus ihr machen.

Direktor Corman seufzte zum zweiten Mal, nahm zwei Tabletten aus einer kleinen silbernen Dose und schluckte sie. Magenschmerzen begleiteten ihn durch den Tag. Kein Wunder bei all der Verantwortung, die auf ihm lastete.

Vor dem Schulgebäude wurde Steffi von Richard erwartet. „Na, hast du's hinter dir?"

„Ja", erwiderte sie und fügte aus vollem Herzen hinzu: „Was für ein absolut ätzender Typ!"

3 10012-10

DER „PAPAGEI“ IST WEG

Allmählich wurde Stefanie mit dem Leben in Schloß Vermont vertraut. Nach einigen Wochen kam es ihr vor, als ob das alles schon seit Ewigkeiten so ablief: Die köstlichen Mahlzeiten von Monsieur Lützelin, seine ständigen Streitereien mit Madame Wälterli, die spitzen Bemerkungen von der Fourchette, die Bemühungen, dem Direktor möglichst aus dem Weg zu gehen, die lustigen Stunden bei Monsieur Lefebre, die Schnarchphasen bei Monsieur Meunier, die Teestunden bei Christine, die fröhlichen Nachmittage mit Carlotta, Alexandra, Pierre und Richard ...

Aber auch die Zeit, die sie wohl oder übel mit Meryl verbringen mußte. Die Stunden, in denen es nichts zu tun gab, waren die schlimmsten.

Da lagen sie dann beide in ihren Betten oder hockten auf den Sesseln; jede hatte ihren in eine andere Ecke gerückt. Sie lasen oder starrten gegen die Decke und redeten kaum ein Wort miteinander. Meryl stellte ihren Recorder zwar nur noch selten an, sondern nahm mit ihrem Walkman vorlieb, aber selbst den machte sie so laut, daß das Ucka-uckawromm-tototototo-wromm vernehmlich zu hören war.

Dazu knabberte Meryl ständig irgendwas, Chips meistens oder Nüßchen, immer lagen leere Tüten herum, und der Boden war voller Krümel.

Manchmal hätte Stefanie schreien und die Wände hochgehen können. Aber das nützte schließlich auch nichts, und deshalb träumte sie in diesen Stunden oft vor sich hin, starrte auf das Körbchen mit den Marzipanfrüchten und dachte voller Heimweh an zu Hause. An die Sonntagnachmittage, wenn es selbstgebackenen Kuchen gab, oder wenn sie mit ihrem Vater auf dem Deich spazierenging, aufs Meer hinausblickte und die frische, salzige Luft einatmete.

Ganz schlimm wurde es mit dem Heimweh, wenn Post von ihrem Vater kam. Er schrieb immer sehr liebevoll und wie sehr sie ihm fehlen würde.

Jedesmal fragte sie sich dann: Mann, wenn er mich so vermißt, warum hat er sich dann für diesen Scheißeinsatz gemeldet und mich hierhergeschickt?

Eine Antwort fand sie nie darauf, aber an Tagen, an denen ein Brief von Papa kam, hielt sie es keine Minute in ihrem Zimmer aus, vor allem nicht, wenn Meryl da war. Dann machte sie einen Riesenspaziergang oder ging zu einem Plausch zu Christine oder in die Küche, um sich abzulenken.

Auch Madame Bodmer besuchte sie regelmäßig. Sie bewunderte die Fröhlichkeit und Energie der alten Frau, die es wirklich nicht leicht hatte. Stefanie kannte längst ihre traurige Geschichte. Ihr einziger Sohn war bei einem Skiunfall ums Leben gekommen, ihre Schwiegertochter hatte wieder geheiratet und war mit Mann und Kindern fortgezogen. Eine Ansichtskarte ab und zu war das einzige Lebenszeichen, das sie von ihr und den Enkeln erhielt.

Dazu kam das Hüftleiden, das der alten Dame fast ständig

Schmerzen bereitete. Aber sie jammerte nicht, war immer gut gelaunt und kümmerte sich sogar noch um den mürrischen Leroux, der sich noch nicht mal ordentlich bedankte, wenn sie ihn an seine Pillen erinnerte, seine Brille suchte oder ihm ein spannendes Buch brachte.

Stefanie hatte manchmal den Verdacht, Madame Bodmer hätte für den alten Miesepeter mehr übrig, als man normalerweise für einen Nachbarn im Seniorenheim übrig hat. Aber das merkte der natürlich nicht, und Stefanie verabscheute ihn dafür um so gründlicher, je mehr sie die fröhliche alte Frau in ihr Herz schloß.

Mit den meisten Internatsschülern kam Stefanie gut aus. Mit Alexandra „vo Plochinge bei Stuaget" und der Mailänderin Carlotta hatte sie bald Freundschaft geschlossen. Doch am liebsten mochte sie Richard. Die beiden verbrachten viel freie Zeit miteinander, schwammen, lernten gemeinsam Tennis und spielten in Monsieur Lefebres Theatergruppe.

Die schönsten Stunden aber erlebten sie in Genf. Einmal in der Woche, am Samstag oder Sonntag, durften die Internatsschüler ab der fünften Klasse in die Stadt fahren. Niemand fragte sie, was sie dort taten. Nicht einmal Monsieur Corman, der ohnehin erwartete, daß sie nur spazierengingen und pausenlos einen guten Eindruck machten. Die einzigen Bedingungen waren, daß sie mindestens zu zweit bleiben und spätestens um 21 Uhr wieder im Internat sein mußten.

Manchmal zogen sie in einer Clique los, Tom und Laura, Richard und Stefanie – Traumpaar eins und zwei, wie Carlotta sie frecherweise nannte – Carlotta und Alexandra, öfter jedoch fuhr Stefanie mit Richard allein. Dann bummelten sie durch die belebten Straßen, gingen ins Kino, schlürften Cola in einem der vielen Cafés oder aßen sogar Hamburger. Jedenfalls genossen sie jede Minute.

Deshalb war Stefanie alles andere als erfreut, als Meryl eines Samstags nach dem Essen auf sie und Richard zukam und mit leicht verlegener Miene sagte: „Wenn ihr heute nach Genf fahrt, würde ich gern mitkommen."

„Such dir jemand anders!" erwiderte Stefanie kurz angebunden.

„Ja wen denn, verdammt noch mal? Von den blöden Idioten will mich doch keiner mitnehmen! Du wohnst im selben Zimmer wie ich und mußt dich um mich kümmern!"

Das stimmte leider. Niemand durfte allein los, und jeder hatte das Recht, in die Stadt zu fahren. Wenn sie ohnehin nach Genf wollte, mußte sie als Zimmernachbarin wohl oder übel herhalten.

Hilfesuchend sah Stefanie zu Richard, aber der zuckte nur die Achseln. Nichts zu machen, hieß das. Adieu, schöner Nachmittag zu zweit!

„Okay", sagte sie mürrisch. „Um fünf vor zwei gehen wir zur Bushaltestelle. Leg dich doch vorher noch ein bißchen hin. Vielleicht verschläfst du dann."

Meryl ließ sich von Stefanies Liebenswürdigkeit wenig beeindrucken. Im Gegenteil, als sie sich im Zimmer umzogen, war sie ungewohnt gesprächig. „Mensch, toll, kann ich endlich mal meinen neuesten Fummel anziehen", schwärmte sie. Sie wühlte im Schrank, zog sich dann ein violettes Seidenshirt über, schlüpfte in einen superkurzen zitronengelben Rock und legte sich eine ebenso gelbe Jacke um die Schultern. „Na, wie findest du mich?"

Stefanie sah sie an. Die Punkfrisur war inzwischen verschwunden, weil die Haare nachgewachsen waren. Dafür hatte Meryl ihren Kopfputz wasserstoffblond getönt und einen lila Streifen hineingesprüht. Dazu das grauenhafte Zitronengelb – einfach ätzend!

„Total erste Sahne", sagte Stefanie. „Du wärst absolut die Queen – beim Faschingsball der Kanarienvögel."

Erstaunlicherweise reagierte Meryl nicht sauer. Sie stellte nur fest: „Gefällt dir also nicht." Das klang fast etwas traurig. Aber sie sprach schnell weiter. „Ich freu mich schon auf die Stadt. Hier ist es ja so was von tote Hose, schlimmer als die texanische Wüste. Erst mal ziehn wir uns Hamburger rein bis zum Abwinken, schlag ich vor. Dann vielleicht in 'ne Bar, wo 'n paar nette Schweizer Boys rumhängen ..."

„Bild dir bloß keine Schwachheiten ein", fuhr Stefanie dazwischen. „Wenn du mit uns gehst, dann bestimmen wir, wo's langgeht, klar?"

Da war es mit Meryls Sanftmut vorbei. „Spiel dich nicht auf, bloß weil du deinen Macker dabeihast", fauchte sie. Aber dann gab sie doch nach: „Schon gut, schon gut." Danach hängte sie sich ihren unvermeidlichen Walkman um und hüllte sie sich in ihr gewohntes Schweigen.

Richard wartete schon auf die beiden Mädchen. Als er Meryl in ihrer ganzen zitronengelben Schönheit sah, grinste er spöttisch, aber er sagte nichts.

Während der Fahrt unterhielten sich Richard und Stefanie eifrig. Auf Meryl, die mit geschlossenen Augen und wippendem Oberkörper ihrer Kassette lauschte, achteten sie nicht weiter.

Erst, als sie am Bahnhof aus dem Bus stiegen, machte sich Meryl bemerkbar. „Ich lechze nach einem Big Mäc“, sagte sie. „Los, gehn wir zu McDonald’s. Ich schmeiß ’ne Runde!“

„Essen? Jetzt?“ fragte Richard. „Nee, doch nicht schon wieder. Ich bin noch voll vom Mittagessen. Laßt uns erstmal ’n bißchen durch die Stadt gehn.“

„Einverstanden“, sagte Stefanie.

Die beiden marschierten einfach los, und Meryl trottete wütend hinterher. Was die sich einbildeten! Sie konnte immer noch selbst bestimmen, was sie wollte!

Eine Zeitlang schlenderten sie durch die Stadt, gönnten sich ein Schleckeis und genossen die warme Oktobersonne. Das heißt, Richard und Stefanie taten das und bemerkten nicht, daß Meryls Miene immer finsterer wurde.

Kurz bevor sie das Rhône-Ufer erreichten, blieb Richard plötzlich stehen und stieß einen Fluch aus. „Verdammte Scheiße!“

„Was ist los?“ fragte Stefanie.

„Wie ich schon sagte.“ Richard deutete auf seinen linken Schuh. „Ich bin in einen Hundehaufen getreten.“ Widerwillig mußte er lachen. „Und das in der supercleanen Schweiz!“

Stefanie stimmte in sein Lachen ein. „Damit erledigt sich meine Rache für einen gewissen Pferdeapfel“, sagte sie.

„Pferdeapfel? Das ist der reinste Lavendel gegen dieses Stinkzeug!“ Richard ging auf einen schmalen Grasstreifen zu, der die Straße säumte.

Stefanie folgte ihm. „Brauchst du Tempos?“

„Nee, da mach ich mir höchstens die Finger dreckig. Mit Gras geht's besser. Und da vorn ist 'ne Pfütze, für die Feinarbeit.“

Stefanie sah ihm zu, wie er mit dem Schuh immer wieder über den Rasen fuhr und dann die Sohle in der Pfütze versenkte. Endlich war er zufrieden. „Ist wieder wie frisch aus dem Laden“, rief er. „Mensch, Meryl, jetzt krieg ich wirklich allmählich Hung... Verflucht, die ist weg!“

„Wie? Wer? Wer ist weg?“

„Mensch, kapierst du nicht? Deine Lieblingsfeindin? Der Papagei! Meryl, die ist nicht mehr da!“

Stefanie drehte sich rasch um. Alles voller Menschen – keine Spur von Meryl. Sie schaute nach links und rechts, auf die Straße, auf den Fußgängerponton, der über den Fluß führte. Nichts. Kein gelber Fleck, kein blonder Kopf mit lila Streifen. „So ein Mist! Das ist typisch für diese dämliche ...“

„Nee, laß mal!“ Richard winkte ab. „'n bißchen sind wir auch schuld.“

Stefanie bezwang ihren Ärger und nickte. „Wir waren nicht besonders nett zu ihr. Besonders ich nicht. Allerdings hat sie Nettigkeiten auch nicht gerade rausgefordert.“

„Und was machen wir jetzt?“

„Suchen?“ schlug Stefanie zaghaft vor.

Richard schüttelte den Kopf. „Hat keinen Zweck. In 'ner Stadt mit 170 000 Einwohnern? Ein paar hundert Kneipen? In welcher Richtung sollen wir anfangen? Nee, absolut zwecklos.“

„Ja, aber was denn sonst?“ Stefanie machte ein ziemlich

unglückliches Gesicht. „Mann, Hühnerauge läßt uns lebendig rösten!“

Richard legte ihr tröstend den Arm um die Schulter. „Mach dir keine Gedanken. Heute abend gehn zwei Busse nach Villeneuve. Einer um 19 Uhr zehn und einer um 20 Uhr 27. Wenn wir immer kurz vorher an der Haltestelle sind, treffen wir sie auf jeden Fall. Dann merkt überhaupt niemand was. Denn die hat auf alle Fälle Grund genug, die Klappe zu halten. Was soll ihr schon groß passieren, wenn sie allein durch die Stadt geht? Hier ist Genf und nicht Chicago. Und außerdem ist die so giftig, vor der hat sowieso jeder Angst.“

„Wenn du meinst.“ Stefanies Sorgen legten sich. Was war schon dabei, wenn jemand allein durch die Stadt ging, zwei, drei Colas trank und sich ein paar Hamburger einwarf. Sollte man sich dadurch den ganzen Tag verderben lassen?

Plötzlich wurde ihr bewußt, daß Richard noch immer seinen Arm um sie gelegt hatte. „Okay, bummeln wir noch ein bißchen?“ fragte sie. Ob er ihn wohl liegen lassen würde? Nein, er nahm ihn runter. Eigentlich schade.

Aber während sie langsam in die Innenstadt zurückkehrten und dann Richtung Altstadt schlenderten, merkte sie, wie seine Hand beim Gehen immer wieder ihre streifte. Ob das Zufall war? Irgendwann nahm sie ihren ganzen Mut zusammen und schob ihre Finger in seine. Er hielt sie fest.

Schweigend bummelten sie durch die alten Gäßchen, bis sie auf einen kleinen Platz kamen. Alte Häuser säumten ihn, das rote und gelbe Laub von Kastanien leuchtete in der Sonne, ein kleiner Brunnen plätscherte. In einer Ecke gab es ein kleines Café, weiße Stühle und Tische standen davor.

„Wollen wir ein Eis essen?" fragte Stefanie. Sie mußte sich zweimal räuspern, denn sie hatte einen Kloß im Hals.

„Okay."

Sie steuerten einen freien Tisch an und setzten sich.

„Mensch, guck mal da! Da, in der Tür!" Richard deutete aufgeregt auf den Eingang des Cafés. „Das war doch Meryl!"

Stefanie blickte sich rasch um, aber sie sah nichts. Gleich darauf lachte sie. Denn da trat wirklich etwas ungeheuer Gelbes aus dem Café heraus: eine große, hagere Kellnerin mit einem Serviertablett. Sie trug lange, gelbe Hosen und eine gelbe Bluse, und in ihr hellblondes Haar hatte sie eine gelbe Schleife gebunden.

„Es gibt also noch mehr zitronengelbe Schönheiten", sagte Richard. „Die hier ist allerdings ein Viertel größer und wiegt ein Drittel weniger. Aber jetzt kein Wort mehr von Meryl! Jedenfalls bis 19 Uhr zehn nicht."

Er nahm wieder Stefanies Hand und hielt sie fest. Die beiden bestellten ihr Eis, und als es gekommen war, aßen sie es langsam und andächtig.

Es war verflixt ungewohnt für Stefanie, den Löffel mit der linken Hand zu halten, aber sie wollte Richard auf keinen Fall loslassen. Sie dachte nicht mehr an Meryl und nicht an das Meer und ihren Vater, sondern nur an jetzt, und sie fühlte sich wahnsinnig wohl dabei.

Obwohl sie kaum ein Wort sprachen, verging die Zeit wie im Flug. Plötzlich war der Platz in Schatten getaucht, und es wurde empfindlich kühl. Die Kellnerin kam, um zu kassieren.

Stefanie fröstelte. „Laß uns gehen", bat sie. Langsam

machten sie sich auf den Rückweg zum Bahnhof. Es wurde rasch dunkel, und Stefanie schüttelte sich vor Kälte. Richard legte den Arm um sie; das war schön, aber wärmer wurde ihr nicht davon.

Eine halbe Stunde zu früh waren sie an der Haltestelle und traten ungeduldig von einem Fuß auf den anderen. Endlich kam der Bus, aber wer nicht gekommen war, war Meryl.

Richard stampfte ärgerlich mit dem Fuß auf. „Die durchgeknallte Type nimmt natürlich den letzten Bus. Was jetzt?"

„Ich weiß nicht", erwiderte Stefanie ängstlich, „hoffentlich kommt sie überhaupt!"

„Jedenfalls können wir uns nicht über eine Stunde hier die Beine in den Bauch stehen", sagte Richard entschlossen. „Komm, wir trinken im Bahnhof noch 'ne Cola."

Bald darauf saßen sie in der häßlichen Imbißstube in der unterirdischen Bahnhofshalle und warteten, daß die Zeit verging. Die romantische Stimmung von vorhin war verflogen, und den beiden war ziemlich mulmig zumute.

„Mit dem letzten Bus kommt sie bestimmt", versuchte Richard zu trösten. „Sie weiß schließlich, daß wir um neun zu Hause sein müssen."

„Bist du sicher?" erwiderte Stefanie kläglich. „Vergiß nicht, daß wir von Meryl reden. Was kriegt die schon mit? Und ich hab so ein komisches Gefühl ..."

Um acht gingen sie im Zeitlupentempo die Treppen hinauf, aus dem Bahnhof und zur Haltestelle.

Acht Uhr fünf, acht Uhr zehn. Von Meryl keine Spur.

Acht Uhr fünfzehn, acht Uhr zwanzig. Keine Meryl.

Ehe die beiden begriffen, was geschah, schlossen sich die automatischen Türen des Busses, und er fuhr geräuschvoll davon.

„Vielleicht ist sie doch schon früher zurückgefahren?" meinte Richard hoffnungsvoll.

„Kann ja sein", jammerte Stefanie. „Aber sag mir lieber mal: Wie kommen wir jetzt nach Haus? Das war der letzte Bus!"

„Du grüne Scheiße, das darf nicht wahr sein!" schrie Richard. Dann beruhigte er sich und kratzte sich den Kopf. „Daran hab ich noch gar nicht gedacht!" Er überlegte. „Also, entweder wir rufen an und lassen uns von Jacques oder Christine abholen, oder ... Mensch, ich glaub, mein Schwein pfeift: Da kommt sie!"

Atemlos kam Meryl auf sie zugerannt. „Ist der Bus schon weg?" fragte sie keuchend. „Das war 'n toller Tag, sag ich euch. Hab 'n paar irre Typen aufgetan ..."

„Deine Typen kannst du dir in die Haare schmieren!" schnauzte Richard, so laut, daß sich ein paar ehrbare Schweizer Bürger tadelnd nach ihm umsahen. „Du hast uns in die Scheiße geritten, ist dir das klar?" Dann fuhr er fort: „Vielleicht kriegen wir das Geld für ein Taxi zusammen. Laßt mal sehen, was ihr habt!"

Stefanie holte ein Fünf-Franken-Stück, zwei einzelne Franken und ein bißchen Kleingeld hervor, Richard zückte einen Zehn-Franken-Schein. Meryl wühlte in ihrer Handtasche und kramte ein Fünfzig-Rappen-Stück heraus.

„Fünfzig Rappen?" fragte Stefanie entgeistert, „ist das alles, was du hast?"

„Ich hatte hundert Franken dabei", sagte Meryl kläglich, „aber ..."

„Aber?"

„Die hab ich ausgegeben!"

„Hundert Franken!" staunte Richard. „Und das bestimmt bloß, um deinen irren Typen zu imponieren. Du hast wirklich nicht mehr alle Tassen im Schrank!" Er schüttelte die Hand mit dem Geld. „Knapp achtzehn Franken, das ist nicht einmal die Hälfte von dem, was wir fürs Taxi brauchen. Selbst wenn wir uns ein Stück weit fahren lassen, löst das unser Problem noch lange nicht. Anrufen ist die schlechteste Möglichkeit, das gibt auf jeden Fall Riesenzoff, denn dann kriegt es jeder spitz, daß wir nicht rechtzeitig da sind. Ich würde sagen, wir versuchen zu trampen. Bis zur Ausfallstraße ist es nicht weit, vielleicht haben wir Glück und schaffen's nicht allzu lange nach dem Bus."

Meryl wagte einen Einwand. „Aber wenn keiner ..."

„Du halt die Klappe!" herrschte Richard sie an. „Für fünfzig Rappen gibt's kein Mitspracherecht. Und außerdem bist du an allem schuld!"

Doch Meryl dachte nicht daran, sich noch länger den Mund verbieten zu lassen. Ihr reichte es. „Du bist an allem schuld, du bist an allem schuld, ich kann es nicht mehr hören, dein ständiges Gemotze!" blaffte sie. „Glaubst du vielleicht, es ist ein Vergnügen, mit zwei Typen in die Stadt zu fahren, die einen völlig übersehen und sich bloß verliebt in die Augen stieren?" Dann drehte sie sich um und fing an zu heulen.

„Hättest ja nicht mitzufahren brauchen", knurrte Richard,

doch mehr sagte er nicht, und auch Stefanie schwieg. Denn Meryls Vorwürfe waren nicht ganz unberechtigt. Klar, sie hätte nicht zu spät kommen dürfen. Aber daß sie sich abgeseilt hatte, konnte man schon verstehen. Denn sie hatten sie wirklich ausgeschlossen. Und ausgeschlossen sein war eben eine ziemlich unangenehme Sache.

Eine halbe Stunde später standen sie immer noch an der Ausfallstraße, winkten wie die Blöden und froren wie die Schneider.

„Verdammter Sturhammel!“ schimpfte Richard einem Mercedes hinterher und schwang drohend seine Faust. Der Fahrer schien davon völlig unbeeindruckt zu sein, denn die Rücklichter seines Wagens wurden kleiner und kleiner – und die vieler anderer Autos nach ihm auch.

Endlich, als sie schon nahe dran waren aufzugeben, hielt ein alter Renault-Lieferwagen mit offener Ladefläche. Der Fahrer kurbelte das Fenster herunter. „Wohin?“ fragte er kurz.

„Nach Villeneuve.“

„In Ordnung. Ihr könnt hinten raufklettern.“

Richard half den beiden Mädchen, dann schwang er sich selbst über die Ladefläche. Rumpelnd fuhr der Wagen an und beschleunigte. Die drei hockten zwischen Plastiksäcken und leeren Obstkisten und klapperten vor Kälte mit den Zähnen.

Richard griff nach Stefanies Hand. Einen Moment lang schlossen sich ihre Finger ineinander, dann blickte Stefanie zu dem Häufchen Elend, das ihr frierend in seinem lächerlichen dünnen, gelben Fummel gegenübersaß, und sie machte sich los. Mochte Meryl eklig sein, wie sie wollte, heute sollte sie sich nicht noch einmal ausgeschlossen fühlen.

Als sie endlich die schwere Tür zum Hauptgebäude aufstießen, war es fast halb elf. Christine und Jacques standen im Gang und blickten ihnen ärgerlich entgegen.

„Ah, guten Abend, meine Herrschaften", dröhnte ihnen Jacques' Baß entgegen. „Haben sich die Herrschaften gut amüsiert? Haben die Herrschaften das Genfer Nachtleben genossen?"

„Laß gut sein, Jacques", unterbrach Christine, langte nach oben und legte ihm die Hand auf die Schulter.

„Was habt ihr euch eigentlich gedacht?" wandte sie sich an die drei, die wie begossene Pudel vor ihnen standen.

„Gedacht?" Richard spreizte abwehrend die Finger. „Gedacht haben wir uns gar nix. Aber einiges ist schiefgegangen."

„So, so." Christine lächelte dünn. „Hier ist leider auch einiges schiefgegangen. Monsieur Corman war heute abend in seinem Büro und hat um neun höchstpersönlich überprüft, ob alle pünktlich da waren."

„Hühnerauge? So ein Pech!" Richard war nicht weniger erschrocken als die beiden Mädchen.

„Jawohl, Hühnerauge", dröhnte Jacques. „Ihr wißt, was das bedeutet?"

„Einen gelben Zettel!" riefen die drei gottergeben wie aus einem Mund.

„Einen gelben Zettel, genau. Und auf dem wird so einiges draufstehn, fürchte ich."

Um sieben an der alten Kastanie

Keine Frage, daß am nächsten Morgen die gelben Zettel schon vor Schulbeginn in den Fächern der drei Sünder lagen. Auf jedem standen so etwa fünf Zeilen nachdrückliche Ermahnungen, und dann kam das Entscheidende: eine Woche Küchendienst, eine Woche Gartenhilfe und während dieser Zeit keinen freien Nachmittag in Genf.

Das war ein harter Brocken, und die drei kauten den ganzen Vormittag daran, bis sie ihn geschluckt hatten. Aber schließlich fügten sie sich in das Unvermeidliche.

Der Küchendienst bei Monsieur Lützelin stellte sich als reines Vergnügen heraus; seine beiden Gehilfinnen waren so tüchtig, daß ihnen kaum etwas zu tun blieb. Statt dessen stopfte er sie so mit Tartes, Brioches und Cremeschnitten voll, daß sogar Meryls Chipsverbrauch enorm zurückging. Und da sie während der ganzen Zeit nicht einmal das Wort „Kätschuhp“ in den Mund nahm, verbesserte sich ihr Verhältnis zu Monsieur Lützelin erheblich.

Die Woche Gartenarbeit war dafür um so härter. Der Gärtner, ein mürrischer, wortkarger Bursche, über den keiner etwas wußte, nicht mal Carlotta, hielt sie jeden Nachmittag in Trab. Ohne Erbarmen ließ er sie jäten, umgraben, Mist streuen und Laub harken, bis sie sich kaum mehr rühren konnten.

An dem Abend, an dem die Sklavenarbeit endlich vorbei war, saßen Richard und Stefanie mit schmerzenden Knochen beim Abendessen mit ihren Freunden und schmiedeten finstere Rachepläne gegen Hühnerauge.

„Man sollte ihn zwingen, seinen ganzen Vorrat an gelben Zetteln aufzufressen. Auf einmal!" grollte Stefanie.

„Oder ihm selber welche schreiben. Damit er mal weiß, wie das ist", schlug Carlotta vor.

Von dieser Vorstellung waren alle begeistert, besonders der kleine Pierre. „Tolle Idee!" gluckste er. „Auf dem letzten müßte draufstehn: Und hiermit werden Sie rausgeschmissen wegen übermäßigem Papierverbrauch."

So ging es noch eine ganze Zeitlang weiter, bis Richard schließlich seufzte: „Schön wär's, schön wär's. Aber was nützt schon das ganze Gerede. Er ist eben ein richtiges Hühnerauge: Man kann kaum was dagegen machen, man muß es ertragen."

Alexandra nickte bekümmert. „Du sagst es."

Keiner von ihnen bemerkte, daß der kleine Pierre verstohlen vor sich hin grinste.

„Du", Richard stieß Stefanie an, „hast du eigentlich bemerkt, daß unserer geliebten Meryl die ganze Schufterei nichts ausgemacht hat?"

„Klar hab ich das", erwiderte Stefanie erbost. „Aber ich wette, die hat bloß ein so fröhliches Gesicht gemacht, um uns zu ärgern."

Doch davon stimmte kein Wort. Es war Meryl wirklich anzusehen gewesen, daß ihr die ungewohnte Arbeit einen Riesenspaß gemacht hatte. Sie hatte mit Feuereifer gehackt und umgegraben, sich vom Gärtner zeigen lassen, wie die frostempfindlichen Sträucher geschützt werden mußten und sich auch vor dem Miststreuen nicht gedrückt. Der muffige Kerl war ihr gegenüber nach und nach sichtlich aufgetaut und hatte ihr sogar gezeigt, wie man seine kostbaren Rosen ausschnitt – ein wahres Wunder. Denen durfte sonst niemand auch nur auf Duftweite nahekommen, ohne sich den fürchterlichsten Drohungen auszusetzen.

Das alles wußte Stefanie genau. Aber sie war so stinksauer auf Meryl, daß sie kein gutes Haar an ihr lassen wollte.

Irgendwie hatte sie gehofft, daß sie nun besser miteinander auskommen könnten. Daß der mißglückte Ausflug und der gemeinsame Ärger mit Hühnerauge sie zusammenschweißen würden. Daß Meryl endlich freundlicher wäre, nachdem sie ihnen schließlich die ganze Suppe eingebrockt hatte.

Aber nichts davon war der Fall. Meryl benahm sich womöglich noch biestiger als vorher, und das Zusammenleben mit ihr war unerträglich. War es da ein Wunder, daß Steffi die Nase gestrichen voll hatte? Selbst wenn Meryl eigenhändig lila-gelb gestreifte Rosen gezüchtet hätte, bei ihr hätte sie keinen Punkt damit machen können.

Und so bekräftigte sie jetzt: „Ich sage euch, wenn die mich ärgern kann, dann rastet sie aus vor Vergnügen.“ Sie zeigte mit dem Daumen auf Meryl, die gerade eine zweite Portion Mousse au chocolat verputzte. „Bravo, weiter so! Noch zwölf Tüten Chips und sechzehn Colas hinterher! Vielleicht explodierst du dann, und ich bin dich endlich los!“ Sie erhob sich rasch und sagte: „Solange sich die noch ihre Nachspeise einschmeißt, kann ich mir in Ruhe ein paar wärmere Klamotten anziehen."

Ohne sich um Carlottas anzügliches Grinsen zu kümmern, sah sie Richard an: „Bis um sieben!"

Um sieben an der alten Kastanie vor dem Schloß traf sie sich fast jeden Abend mit Richard – seit dem Nachmittag in Genf. Hand in Hand schlenderten sie dann durch den herbstlichen Park, eine halbe Stunde nur, aber es war die schönste halbe Stunde des Tages.

In ihrem Zimmer schlüpfte Steffi in einen dicken Pullover und zog feste Schuhe an. Jetzt noch die Marzipanschokolade! Stefanie starb für Marzipanschokolade, und Richard aß sie genauso gern. Sie zog die Schublade ihres Nachtkästchens heraus.

Was, zum Teufel, war das? Sie riß das Papier auf. Heute nachmittag waren mindestens noch vier Rippen drin gewesen – und jetzt? Zwei armselige Stückchen, die aussahen wie von einer Maus angenagt. Die brauchte sie wirklich nicht mehr mitzunehmen.

Meryl! Das konnte bloß Meryl gewesen sein, das verfressene Miststück! „In dieser Bude verläuft eine Linie. Auf dieser Seite bin ich, und auf der anderen du", hatte sie getönt. Warum, verdammt noch mal, hielt sie sich nicht daran? Was hatte sie in ihrem Nachttisch zu suchen?

Stefanie kochte vor Wut. Das zahl ich ihr heim, schwor sie sich.

Als sie Richard vor dem Haus traf, war sie immer noch auf hundertachtzig. „Stell dir vor, diese Ratte, diese hundsgemeine", stieß sie hervor, „meine Marzipanschokolade hat sie geklaut – unsere Marzipanschokolade! Ich dreh ihr den Hals um!“

„Schweinerei!“ nickte Richard entrüstet. „Dabei hat sie so viel Kohle, daß sie in Marzipan baden kann!“

„Ich halt es nicht mehr aus, ich dreh durch!“ Stefanies Stimme zitterte, und Tränen hilfloser Wut stiegen ihr in die Augen.

„Bleib doch cool, Stefanie! Ist doch nur ’n bißchen Schokolade!“

„Es geht nicht um die Schokolade. Sie macht mich wahnsinnig, verstehst du? Wahn-sin-nig!“

„Kannst du ihr nicht mal ’n paar deutliche Worte sagen? Einfach mal Klartext mit ihr reden?“

„Reden? Du weißt doch, wie oft ich das schon probiert hab. Mit der kann man nicht reden! Nackte Gewalt ist wahrscheinlich das einzige, was bei der hilft!“

„Komm, ärger dich nicht mehr!“ Energisch faßte Richard nach ihrer Hand und zog sie mit sich. „Von der lassen wir uns den Spaziergang nicht verderben!“

Es war schon längst dunkel. Unter ihnen blinkten die Lichter des Dorfes, der Schein der Straßenlaternen ließ die Wellen am Seeufer glitzern und schimmern. Langsam beruhigte sich Stefanie.

„Jetzt könnte man fast denken, da unten wäre das Meer“, sagte sie.

„Du bist gern am Meer, stimmt’s?“ fragte Richard.

„Ja, da ist es am allerschönsten.“

Richard lachte leise: „Da, wo ich wohne, gibt es bloß einen dürftigen Bach, der nicht mal besonders sauber ist, glaub ich. Er fließt in einen kleinen Weiher, an dem im Sommer die Frösche einen Höllenlärm machen. Und Millionen von Mücken sind auch da. Aber ich mag den Weiher genauso gern wie du das Meer. Ich finde, wichtig ist, daß man sich irgendwie zu Hause fühlt. Dann ist der Ort ganz egal." Sie waren stehengeblieben.

„Wahrscheinlich hast du recht", meinte Stefanie. Dann sagte sie schnell und ohne weiter zu überlegen: „Du – du bist ein bißchen das Meer für mich in diesem blöden Internat."

Richard antwortete nicht, aber er trat ganz nah an sie heran und legte die Arme um sie. Plötzlich ließ er sie wieder los. „Du, da war doch was?"

„Ich hab nichts gehört."

„Doch, bestimmt, jemand geht hinter uns her."

„Vielleicht einer von den Gruftis, der seinen Verdauungsspaziergang macht?"

Sie blickten sich um und lauschten, aber sie hörten keinen Laut mehr und sahen nichts als die dunklen Silhouetten der Bäume und das schmale, schwarze Band des Weges.

„Wahrscheinlich bloß ein Tier."

„Gibt's hier oben doch nicht, höchstens César, und der pennt längst bei seinen Pferdeäpfeln."

Was es auch gewesen war, es hatte ihnen die Stimmung ziemlich kaputtgemacht. Schweigend trotteten sie nebeneinander her.

„Jetzt muß gleich die Bank kommen", meinte Richard schließlich. „Setzen wir uns einen Augenblick?"

„Okay, aber nicht lange. Ich find's nämlich nicht grade warm hier draußen."

Vor ihnen tauchte der dunkle Schatten der Bank auf. Sie ließen sich nieder, und Stefanie murmelte: „Mann, hätt ich jetzt Appetit auf ein Stück Marzipanschokolade! Bloß wegen dieser ..."

„Ach komm, fang doch nicht schon wieder ... Du, da ist wirklich jemand!"

„Wo?" Stefanie fühlte, wie ihr ein kalter Schauer über den Rücken rann.

„Da, hinter dem Strauch!"

Stefanie sah hin. Plötzlich fing der Strauch wie wild an zu schwanken, eine kleine Gestalt stürzte dahinter hervor und rannte auf dem Weg davon.

„Na warte, dich krieg ich!" Richard sprang auf und sauste hinterher. Bald hatte er den Störenfried erreicht und zerrte ihn am Kragen zur Bank zurück.

„Mann, das ist ja Pierre! Was willst du denn hier?"

„Das möcht ich auch wissen!" Richard schüttelte seinen kleinen Bruder unsanft. „Warum hast du uns hinterhergeschnüffelt?"

Pierre gab keine Antwort.

„Na los, spuck's schon aus!"

Mit einem heftigen Ruck riß sich der Junge los. „Nimm gefälligst deine Pfoten von mir!" schimpfte er. „Was geht's dich an? Ich kann gehen, wo ich will!"

Richard atmete tief durch. „Ist ja gut. Klar kannst du das. Aber findest du's nicht trotzdem ein bißchen komisch, uns hinterherzustiefeln? Dann komm doch lieber gleich mit!"

„Gleich mit, gleich mit!" höhnte der Kleine. „Seitdem die da ist", er zeigte mit dem Finger auf Steffi, „kümmerst du dich doch einen Dreck um mich! Von mir willst du überhaupt nichts mehr wissen! Immer gibst du dich bloß mit der da ab. Ich bin Luft für dich, seitdem du dich verknallt hast, was? Aber ich werd's euch schon zeigen, euch allen!" Damit drehte er sich um und rannte davon.

Bestürzt schauten ihm die beiden nach.

„Eifersüchtig! Mein kleiner Bruder ist eifersüchtig!" Richard war fassungslos. „Und seinen ganzen Frust hat er in sich reingefressen. Nie hat er einen Pieps von sich gegeben."

„Na, das hat er jetzt aber gründlich nachgeholt", rief Stefanie erbittert.

Richard ging nicht darauf ein. Nachdenklich sagte er: „Wahrscheinlich hat er gar nicht mal so unrecht. Früher haben wir jede Menge Zeit zusammen verbracht. Ich hab mich immer verantwortlich für ihn gefühlt, hab ich dir doch erzählt, nachdem mein Vater sich abgeseilt hat. Aber seit ich dich kenn ..."

„Ich versteh schon", sagte Steffi leise, „komm, laß uns zurückgehen."

„Eh, Mensch, so hab ich das doch nicht gemeint! Bist du jetzt sauer?"

„Nee, ist doch logisch, daß du dich um deinen Bruder kümmern mußt. Ich geh jetzt. Mir ist unheimlich kalt, und müde bin ich auch." Ohne eine Antwort abzuwarten, stand sie auf und schlug den Weg zurück zum Internat ein.

Richard kam hinterher, aber er machte keine Anstalten, sie einzuholen.

Auf der Treppe im ersten Stock rief sie nur ein kurzes „Salut", dann verschwand sie im Mädchengang.

Meryl lag auf dem Bett, hatte die unvermeidlichen Kopfhörer aufgesetzt und kaute Chips. Steffi sah nicht einmal hin. Sie zog sich aus und schlüpfte in ihren Schlafanzug. Dann riß sie plötzlich die Nachttischschublade auf, holte die zwei Stückchen Schokolade heraus und schleuderte sie Meryl mit aller Kraft an den Kopf.

Ohne auf die Flut von englischen Schimpfwörtern zu achten, die sich über sie ergoß, legte sie sich ins Bett und zog sich die Decke über den Kopf.

Um seinen Bruder mußte er sich also kümmern. Weil sein Vater sich abgeseilt hatte. Da stand sie natürlich nur im Weg. Steffis Mutter hatte sich auch abgeseilt. Aber sie hatte wenigstens keinen kleinen Bruder. Was für ein Riesenvorteil!

Sie wünschte sich weit, weit weg, in ein Haus am Meer, wo es keine Meryls und keine Richards und keine kleinen Brüder gab.

Am nächsten Morgen kam Monsieur Meunier sieben Minuten zu spät in die Klasse. Das war geradezu ungeheuerlich, und jeder merkte sofort, daß etwas mit ihm nicht in Ordnung war. Er war richtig blaß um die Nase und brummelte ständig „und das mir, und das mir“ vor sich hin. Natürlich wollten alle wissen, was denn los wäre, aber er rückte nicht mit der Sprache raus. An der Tafel machte er die albernsten Fehler, und als sogar Alexandra, die absolute Klassenniete in Mathe, ihn belehrte, daß die Wurzel aus neun unmöglich siebzehn sein könnte, gab er auf.

„Nehmt die Bücher vor, und löst die Aufgaben eins bis vier auf Seite dreißig!“ befahl er. Dann hockte er sich hinter seinen Tisch und verbrachte den Rest der Stunde damit, vor sich hinzustarren und immer wieder „und das mir, und das mir“ zu murmeln.

Er überhörte das Läuten und schaute überrascht auf, als sich schwungvoll die Tür öffnete und Monsieur Lefebre vor ihm stand.

„Nanu, Maurice, was machen denn Sie noch hier? Bei diesem Haufen bleibt man doch keine Sekunde länger, als man unbedingt muß!“

Empörtes Protestgeschrei erhob sich, aber Monsieur Meunier winkte nur ab. „Wissen Sie, Raymond, seit sechsundzwanzig Jahren bin ich jetzt Lehrer. Aber eine solche Unverschämtheit ist mir noch nie geboten worden.“

„Unverschämtheit? Ach sooo!“ Monsieur Lefebre grinste breit. „Sie haben wohl auch einen gelben Zettel gekriegt?“

Gelben Zettel? Die ganze Klasse war wie elektrisiert.

„Aber Raymond, doch nicht vor den Schülern!“

„Gerade vor den Schülern kann man nicht genug über gelbe Zettel reden! Wenn's nach mir ginge ... Also los, sagen Sie schon, was stand drauf?“

Monsieur Meunier druckste herum. „Es ist einfach ungeheuerlich, einfach ungeheuerlich!“

Die Klasse lauschte mucksmäuschenstill.

„Es stand drauf ... nein, vor den Schülern will ich das wirklich nicht ... Da, lesen Sie selbst!“ Er zog einen zerknitterten Zettel aus der Rocktasche und gab ihn Monsieur Lefebre.

Der schaute ihn neugierig an und las dann laut vor: „*Sehr geehrter Kollege, Ihre Stunden sind zum Einschlafen langweilig. Ab sofort will ich mehr Temperament sehen*. Unterschrift: Corman.“

Monsieur Meuniers blasses Gesicht war rosig angelaufen. „Raymond! Ich hatte doch ausdrücklich gesagt: nicht vor den Schülern!"

Aber Monsieur Lefebre prustete los: „Die Gabel hat einen gekriegt mit dem schönen Satz: *Ein scharfer Verstand ist besser als eine spitze Zunge*. Die Gute war nahe daran, das Direktorat zu stürmen! Und wissen Sie", Monsieur Lefebres Heiterkeit erreichte ihren Höhepunkt, „was auf meinem draufstand?"

„Was, Sie auch?"

„Na klar! *Wenn Sie so weiterfluchen, wird Sie bald der Teufel holen!* Ich finde, das sollte ich mir wirklich zu Herzen nehmen!"

In der Klasse gab es kein Halten mehr. Alle lachten lauthals. Der Direktor mußte übergeschnappt sein, aber die Zettel waren wirklich toll!

Als endlich wieder Ruhe eingekehrt war, erkundigte sich Monsieur Meunier vorsichtig: „Aber was ist denn mit Monsieur Corman los? Ich meine ... ist er vielleicht krank?"

„Ach was, Corman! Sie glauben doch selbst nicht, daß er für solche Schreibereien genug Humor hat. Ich hab ja selbst schon ein paar gekriegt, die hat er garantiert selbst verfaßt. Aber die waren eher zum Weinen als zum Lachen. Nein, die Dinger hier stammen aus den Reihen unserer hoffnungsvollen Knaben und Mägdelein. Schauen Sie sich doch bloß die Schrift an! Man könnte schon meinen, daß der verehrte Herr Direktor manchmal von gestern ist, aber daß er sein kunstvolles C so aufs Papier zittert, nein, so alt ist er wirklich noch nicht. So wackelt nur jemand, der in der Kunst des Schriftfälschens nicht sonderlich bewandert ist. Und Sie sind drauf reingefallen! Eigentlich ein gelungener Witz, finde ich."

„Witz?" empörte sich Monsieur Meunier. „Geschmacklosigkeit, würde ich eher sagen!" Aber es war ihm doch anzumerken, wie erleichtert er war. Er ging eilig aus dem Zimmer und vergaß sogar, eine Hausaufgabe zu stellen.

Als sich die Tür hinter ihm geschlossen hatte, wurde Monsieur Lefebre ernst. „Eins möchte ich dazu noch sagen: Es gibt hier an der Schule – wie überall – Leute, die absolut keinen Humor haben. Namen will ich nicht nennen, ihr wißt auch so Bescheid. Falls also einer von euch der geheimnisvolle Zettelschreiber sein sollte, rate ich ihm, seine künstlerische Tätigkeit schleunigst aufzugeben. Sonst wird aus der Komödie womöglich ein blutiges Drama. Womit wir beim Thema wären ..." Aber nicht mal Monsieur Lefebre schaffte es, in dieser Stunde irgendwen zum Arbeiten zu bringen.

Selbstverständlich blieben die gelben Zettel Tagesgespräch. Auch etliche von den Schülern hatten welche gefunden und sich zuerst geärgert und dann köstlich amüsiert, als sie begriffen, daß sie nicht vom Hühnerauge stammten, sondern ihn bloß kräftig auf die Schippe nahmen.

Wie würde der Direktor wohl reagieren, wenn er von dem Streich erfuhr, der ihm da gespielt wurde? Darüber diskutierten die Internatsbewohner ausgiebig, als sie sich zum Mittagessen niedergelassen hatten.

So fiel es zunächst niemandem auf, daß Monsieur Lützelin gar nicht wie üblich händereibend verkündete: „Mesdames et Messieurs, das Essen ist fertig." Statt dessen kamen nur die beiden Küchenfrauen mit ihrem Wagen hereingefahren, auf denen lediglich ein Stapel Suppenteller und ein riesiger Topf standen.

„Nanu, was gibt's denn heute?" erkundigte sich Alexandra neugierig bei Véronique, als sie an ihren Tisch kam.

„Eintopf. Gemüsesuppe", lautete die kurze Antwort.

„Überhaupt keine Vorspeise?"

„Nein."

„Aber Nachtisch?"

„Auch nicht."

Was war da los?

Enttäuscht ließen sich alle ihre Teller füllen, und Richard probierte vorsichtig. Dann schaute er Véronique entsetzt an und fragte: „Was ist das denn? Das schmeckt ja wie gesalzenes Rhônewasser!"

„Ich weiß nicht, wie gesalzenes Rhônewasser schmeckt", meinte Véronique gleichgültig, „das ist jedenfalls Gemüsesuppe."

So leicht ließ sich aber niemand abspeisen. „Hast du das etwa gekocht?" – „Fehlt Monsieur Lützelin etwas?" – „Ist er krank?"

„Nein, er ist durchaus nicht krank." Véronique war mit ihrer Geduld am Ende, und ihre Augen funkelten zornig. „Beschwert euch beim Direktor, wenn euch was nicht paßt. Der ist schließlich an allem schuld."

Endlich ging wenigstens Carlotta ein Licht auf, und sie begann zu feixen. „Ach so, hat Monsieur Lützelin wohl auch einen gelben Zettel bekommen?"

„Da gibt es überhaupt nichts zu lachen. Jawohl, er hat einen bekommen. Einen, der ihn unheimlich beleidigt hat. Monsieur Lützelin ist ein Künstler. Der verträgt solche Gemeinheiten nicht."

„Was stand denn drauf?"

„Eine Unverschämtheit stand drauf: *Man ißt nur, um satt zu werden, alles andere ist überflüssig.* Wirklich bodenlos gemein, wenn man bedenkt, daß er sich die Seele aus dem Leib kocht! Deshalb hat er es heute genauso gemacht, wie's auf dem Zettel steht: nur zum Sattmachen."

„Aber das war doch nur ein Scherz!" beteuerte Alexandra. „Irgend jemand hat die Zettel geschrieben, um den Direktor zu ärgern. Das geht doch nicht gegen Monsieur Lützelin!"

„Das sagt ihm mal lieber selber", brummte Véronique und schob ihren Wagen weiter, „schöner Scherz!"

Wie auf Kommando waren alle Gespräche verstummt, als Véronique erklärte, was es mit dem scheußlichen Eintopf auf sich hatte; wie auf Kommando standen alle auf, als sie fertig war, die Gruftis eingeschlossen, und stürmten die Küche.

Monsieur Lützelin saß auf seinem gewohnten Stuhl, einen feuchten Umschlag auf der Stirn und ein Glas Wein vor sich. Er blickte kaum auf, als die Küche plötzlich voller Leute war.

Alle redeten auf ihn ein, aber er schüttelte nur den Kopf. „Mein Elan ist weg, mein Talent ist zerstört, ich gehe in Pension", klagte er. „Dieser Direktor ist mein Tod!"

„Aber der war's doch gar nicht!" rief Alexandra.

„Um so schlimmer, um so schlimmer", seufzte Monsieur Lützelin, „um so schlimmer, wenn es hier noch mehr solche Unmenschen gibt!"

Die alten und jungen Nutznießer seiner Kochkunst sahen sich ratlos an. Was war da zu tun?

Endlich faßte sich Stefanie ein Herz und trat vor. „Wir alle haben uns über die Zettel gefreut, weil wir hoffen, daß Monsieur Corman jetzt endlich einsieht, wie scheußlich sie sind, und aufhört, uns damit zu schikanieren. Aber wer das auch ist, der ihn nachgeahmt hat, mit Ihrem Zettel hat er einen großen Fehler gemacht. Wenn er noch mehr solchen Unsinn schreibt, wird bald keiner mehr auf seiner Seite sein." Sie holte tief Atem. „Ich hab noch nie so gut gegessen wie bei Ihnen. Für mich sind Sie der größte aller Köche. Sie sind der Mozart unter den Köchen, die ... die Claudia Schiffer!"

Monsieur Lützelin schaute sie an, und seine Miene erhellte sich merklich. „Mozart, mmh?" meinte er freundlich. „Du bist ein gutes Mädchen, meine Liebe. Claudia Schiffer, mmh? Oh, das ist eine sehr, sehr schöne Frau. Du verstehst es wirklich, die Schmerzen einer verwundeten Seele zu lindern." Er nahm einen großen Schluck Wein und zog sich das feuchte Tuch vom Kopf. „Die Claudia Schiffer unter den Köchen. Das ist sehr schmeichelhaft, ma petite. Wirklich sehr, sehr schmeichelhaft!"

Plötzlich sprang er auf. „Also, was würdet ihr für heute abend von einer saftigen Lammkeule halten? Und hinterher von einem Apfelsoufflé mit goldgelber Kruste?"

Alle klatschten begeistert. „Spitze war das", flüsterte Carlotta, und Stefanie war mit sich selbst recht zufrieden. Das war sie Monsieur Lützelin wirklich schuldig gewesen. Schließlich glaubte sie genau zu wissen, wer die gelben Zettel geschrieben hatte ...

Blöde Meryl

Der Zettelschreiber war mit seinem ersten Erfolg noch nicht zufrieden, er machte weiter. Bald warteten Schüler und Lehrer schon begierig auf seine neuesten Ergüsse und freuten sich darüber – jedenfalls meistens.

Eines Abends fand Christine auf ihrem Schlagzeug einen Zettel mit der Aufschrift: *Wirkliche Damen hauen nicht auf ordinären Blechtellern herum*, und wenig später entdeckte Tom einen an Césars Lieblingsbaum: *Internatshunden ist das unanständige Beinheben auf stiftungseigenem Gelände strengstens untersagt.* Beide Zettel wanderten ans Schwarze Brett, und die ganze Schule lachte darüber.

Nur einer fand das gar nicht komisch, sondern er tobte: Monsieur Corman hatte längst erfahren, daß jemand die Frechheit besaß, seine erzieherischen Maßnahmen zu verulken, und er war außer sich vor Zorn. Als einmal sogar an der Tür zum Direktorat ein Zettel klebte, platzte ihm endgültig der Kragen. Denn was der unbekannte Lümmel da draufgeschrieben hatte, war zuviel: *Wer Schüler mit gelben Zetteln schikaniert, sollte besser in Pension gehen!*

Normalerweise kam Monsieur Corman vor allen anderen Lehrern in die Schule. Aber ausgerechnet an diesem Tag war er wegen seiner Magenschmerzen beim Arzt gewesen, und seine Sekretärin hatte sich deshalb für den Vormittag frei genommen. Natürlich hatte niemand sonst daran gedacht, das Machwerk zu entfernen, jeder hatte es lesen können, jeder wußte Bescheid. Hinter jedem höflichen Gruß, hinter jeder unverfänglichen Bemerkung meinte der Direktor seitdem die blanke Schadenfreude zu entdecken.

Als sich Madame Wälterli mitfühlend nach seinen Magenschmerzen erkundigte, fuhr er sie an: „Sie wollen mich wohl auch in Pension schicken!" Die Sekretärin, die über die Zettelwirtschaft in ihrem Büro jammerte, für die Monsieur Corman überhaupt nichts konnte, bekam ein „Ach, fühlen Sie sich von mir schikaniert?" zu hören.

Kurz, der Direktor war noch weitaus ungenießbarer als an normalen Tagen. Am Abend, nach einer doppelten Portion Magentabletten, war seine Wut womöglich noch gewachsen, und er beschloß, mit aller Härte durchzugreifen. Mit aller Härte!

Am folgenden Morgen verkündeten alle Lehrer in ihren Klassen: „Heute, nach der großen Pause, ist Vollversammlung in der Aula!"

Vollversammlung? Mitten im Schuljahr? Was sollte das bedeuten? Sicher nichts Gutes!

Monsieur Lefebre, der seiner Fünften Bescheid gab, wurde bestürmt, mit der Sprache rauszurücken. „Was ist los?" – „Was will er?" – „Geht's um die gelben Zettel?"

Monsieur Lefebre nickte ungewohnt ernst. „Ja, es geht um die gelben Zettel. Ich hab euch gewarnt, daß es hier Leute gibt, die wenig Humor haben. Aber ihr wolltet ja nicht hören!"

Carlotta sah ihn mit großen Augen an. „Aber wir waren es doch nicht, Monsieur! Garantiert nicht!"

„Um so besser", knurrte der Lehrer, und mehr wollte er zu der ganzen Angelegenheit nicht sagen.

Gespannt und auch ein bißchen nervös strömten die Jungen und Mädchen nach der Pause in den großen Saal. Wollte Hühnerauge vielleicht die ganze Schule bestrafen? Aber das war doch verboten! Was wollte er sonst von ihnen? Jedem einzelnen ins Gesicht schauen, ob man ihm sein schlechtes Gewissen ansehen könnte? Quatsch! Aber trotzdem gab es etliche, die eine betont gleichgültige und undurchdringliche Miene aufsetzten, bevor sie sich niederließen. Man konnte ja nie wissen.

Als Monsieur Corman auf die Bühne stieg, verstummte auch das leiseste Flüstern.

„Liebe Schülerinnen und Schüler", begann er, seine buschigen Augenbrauen waren zusammengezogen, und seine große Nase zuckte beständig. „Ihr kennt mich als Direktor, der großzügig ist und euch viel Freiheit läßt."

Im Saal wurde es unruhig, hier und da hörte man ein halblautes „Hahaha" oder „Das ist ja das Neueste."

Monsieur Corman tat, als ob er es nicht bemerkte. Nur seine Nase zuckte womöglich noch heftiger als bisher.

„Aber neuerdings", fuhr er fort, „gehen an dieser Schule Dinge vor, die man nur als Skandal bezeichnen kann und die, sollten sie bekannt werden, dem hervorragenden Ruf der Vermont-Stiftung schweren Schaden zufügen können." Er machte eine bedeutungsvolle Pause. „Ich will hier nicht erörtern", sagte er dann, „wie so etwas möglich ist, ob es viel-

4 10012-10

leicht daran liegt, daß einige von uns Lehrern und Erziehern die Zügel gar zu locker lassen." Hier traf Monsieur Lefebre ein scharfer Blick, den der allerdings gelassen erwiderte. „Vielleicht sind auch schädliche Einflüsse von außen in unsere Schule gelangt, vielleicht habe auch ich nicht genau genug auf die Einhaltung der Regeln geachtet. Aber, wie gesagt, mit diesen Fragen will ich mich jetzt nicht aufhalten, sondern gleich zur Sache kommen. Es geht, wie ihr sicher alle ahnt, um die Schmierereien, die jemand, um mich zu verhöhnen und das Klima zu vergiften, seit einiger Zeit in Umlauf bringt."

Monsieur Corman trat einen Schritt vor und setzte zum Höhepunkt seiner Rede an. „Das ist nicht nur die Verächtlichmachung eines lange bewährten Erziehungsmittels. Hier handelt es sich um Urkundenfälschung. Der Täter oder die Täterin hat den plumpen Versuch gemacht, meine Handschrift nachzuahmen und seine Frechheiten auch noch mit meinem Namen unterzeichnet." Hühnerauge holte tief Luft und wiederholte: „Mit meinem Namen! Urkundenfälschung aber ist ein Straftatbestand, haltet euch das vor Augen, ein Straftatbestand! Nicht auszudenken, wenn diese üblen Fälschungen dem Stiftungsvorstand vor Augen kämen! Ich werde dennoch dem oder der Schuldigen eine letzte Chance geben. Wenn er oder sie sich bis heute mittag, 13 Uhr, bei mir gemeldet hat, will ich Milde walten und es mit einer mäßigen Strafe gut sein lassen. Wenn nicht ..."

Unheildrohend wie eine schwarze Gewitterwolke schwebte dieses „wenn nicht" einige Sekunden über den Schülern.

„Wenn nicht, werde ich nicht ruhen, bis ich den Täter gefunden haben. Und ich werde ihn finden, verlaßt euch drauf! Dann werde ich dafür sorgen, daß er oder sie die Schule und gegebenenfalls das Internat verlassen muß. Bis heute, 13 Uhr, ist die letzte Gelegenheit, diese üble Geschichte ins Reine zu bringen. So, das war es, was ich euch mitzuteilen hatte. Geht jetzt möglichst schnell wieder in eure Klassen, ich möchte nicht, daß mehr Unterricht als unbedingt nötig ausfällt." Der Direktor rückte seine rote Krawatte zurecht und verließ nasezuckend die Aula durch den Seitenausgang.

Aufgeregt miteinander diskutierend, gingen die Schüler in ihre Klassenräume zurück. Ein Rauswurf wegen ein paar gelben Zetteln? Das durfte doch wohl nicht wahr sein!

Unauffällig schob sich Stefanie neben Richard. „Mann, der hat sie doch nicht mehr alle!" schimpfte sie halblaut. „Jetzt ist er völlig durchgeknallt!" Sie sah sich um, ob ihnen auch niemand zuhörte. „Aber es ist alles leeres Gerede", sagte sie noch leiser. „Er kriegt nie raus, wer es war, wenn jetzt keine Zettel mehr kommen, hörst du? Du mußt unbedingt dafür sorgen, daß kein einziger Zettel mehr geschrieben wird, klar?"

Richard musterte sie kühl. „Was hab ich damit zu tun? Wieso soll ich dafür sorgen? Ich hab keine Ahnung, was du meinst."

Das klang so abweisend, daß Steffi sich jedes weitere Wort verkniff und mit schnellen Schritten davonging.

Aufdrängen werd ich mich nicht, dachte sie wütend. Dann sieh zu, wie du selber zurechtkommst!

Was bloß in Richard gefahren war? Seit dem Abend, an

dem sein kleiner Bruder den Riesentrouble veranstaltet hatte, war er ihr aus dem Weg gegangen. Als sie ihn einmal zur Rede gestellt hatte, hatte er bloß rumgelabert und pausenlos irgendwelche Sprüche wie: „Versteh mich doch ... Das mußt du doch verstehen ... Verstehst du das nicht?“ von sich gegeben.

Stefanie hatte es nicht verstanden. Warum konnte man sich nicht um einen jüngeren Bruder kümmern und gleichzeitig für einen Freund oder eine Freundin dasein? Mit seinen anderen Kumpels steckte er doch auch immer noch zusammen! Nein, sie hatte es wirklich nicht verstanden, aber sie mußte es akzeptieren, auch wenn's schwerfiel: Ihre Freundschaft war beendet.

Doch die Abfuhr, die sie eben gekriegt hatte, bedeutete, daß Richard ihr nicht vertraute. Das hatte sie nicht verdient, das machte sie wütend und traurig zugleich.

Rutsch mir doch den Buckel runter, Richard! Halt doch mit deinem Brüderchen Händchen! Geh doch mit dir selbst spazieren, du blöder Kerl!

Stefanie stürmte in ihre Klasse, warf sich auf ihren Platz und hüllte sich für den Rest des Vormittags in trübsinniges Schweigen.

Am Nachmittag dann, als sie ihre Hausaufgaben erledigt hatte, schwamm sie ein Stündchen im schuleigenen Hallenbad. Ihre Stimmung wurde aber kein bißchen besser.

Mit niemandem hatte sie sich so gut verstanden wie mit Richard. Laura und Tom waren total unzertrennlich, da fühlte man sich immer wie das fünfte Rad am Wagen. Mit Carlotta konnte man prima über Mode quatschen oder spöttisch über die anderen herziehen – aber nicht über das reden, was einen wirklich bewegte. Carlotta hatte keine Spur von Heimweh („Heimweh? Wieso, hier find ich's viel geiler als in Mailand!"), die Jungs in ihrem Alter interessierten sie nicht („Unter 20? Bettnässer mit Milchbart, sag ich dir!"), und ihre Sehnsüchte reichten genau bis nach Genf, wo es einen Haufen Boutiquen und Parfümerien gab, und keinen Meter weiter.

Und Alexandra? Die war zufrieden, wenn sie mit jemandem „deutsch schwätze" konnte. Das bedeutete, daß sie redete wie ein Buch. In Schwäbisch. Nichts blieb einem übrig, als zuzuhören und bloß die Hälfte zu verstehen.

Mit Richard war alles ganz anders gewesen. War gewesen. Plusquamperfekt. Stefanie kämpfte gegen das Gefühl der Verlassenheit an, während sie im Becken allein ihre Bahnen schwamm.

Cool bleiben, Stefanie! Laß dich nicht unterkriegen! Wie oft sie sich das in den letzten Monaten schon gesagt hatte!

Sie beschloß, Madame Bodmer einen Besuch abzustatten. Bei ihr konnte man sich wenigstens mal ausweinen und obendrein ein bißchen nützlich machen. Sie wickelte den nassen Badeanzug in ihr Handtuch, zog sich an, fönte sich die Haare und ging zurück zum Hauptgebäude.

Als sie die Tür zu ihrem Zimmer aufgemacht hatte, erstarrte sie zur Salzsäule. Jetzt reichte es. Jetzt war das Maß voll. Jetzt gab es Kleinholz.

Meryl stand an Stefanies Bett und hielt den kostbaren Marzipankorb in der Hand, Steffis Marzipankorb! Das Cellophan hatte sie abgerissen, mitsamt der großen, grünen

Schleife. Eben war sie dabei, sich eine leuchtendrote Erdbeere in den Mund zu schieben.

Etwas in Stefanies Blick hielt sie davon ab hineinzubeißen. Langsam ließ sie die Hand sinken und stotterte: „Du ... du hast doch si-sicher nichts dagegen, oder? Bevor die Dinger alt werden ... Also, die sind doch zum Essen da ..." Und dann, mit ihrer gewohnten Frechheit: „Ich weiß schon, du würdest sie lieber vergammeln lassen, bevor du mir was davon gö..."

Weiter kam sie nicht. Stefanie löste sich aus ihrer Erstarrung und sprang auf sie zu. „Laß das sofort los, du verdammtes, herzloses, allesfressendes Monster!" brüllte sie, und dann schlug sie zu, mit der flachen Hand in Meryls Gesicht, immer und immer wieder.

Erst, als Meryl laut losheulte, hörte sie auf. Sie hob mit zitternden Händen das Körbchen und die Früchte, die verstreut auf dem Boden lagen, auf und versuchte alles wieder so zu arrangieren, wie es gewesen war.

„Ach, Scheiße!" stöhnte sie zwischen Wut und Tränen, als es nicht klappen wollte. Dann preßte sie das Körbchen, so wie es war, an sich, versetzte ihrem Badeanzug einen Tritt und rannte zur Tür. Nur raus hier!

Auf dem Hof begegnete ihr Christine, die ihr fröhlich zuwinken wollte, aber in der Bewegung innehielt, als sie ihr verstörtes Gesicht sah. „Was ist?" fragte sie erschrocken.

Stefanie hielt nicht an. „Sie hat meine Clowns kaputtgemacht, verstehst du, meine Clowns!"

Christine dachte an die Bilder in ihrem Zimmer und was sie ihr bedeuteten. Da mußte Meryl was Schreckliches angerichtet haben. Mit den beiden Mädchen ging das so nicht weiter, die machten sich das Leben zur Hölle. Es war höchste Zeit, etwas zu unternehmen. Seufzend ging sie zurück ins Haus.

Stefanie rannte mit ihrem Körbchen hinunter ins Dorf, bis sie Seitenstechen bekam. Dann erst ging sie in normalem Tempo weiter. Als sie in die Hauptstraße einbog, sah sie vor dem kleinen Café ein paar Internatsschüler stehen. Schnell huschte sie in ein Seitengäßchen, um nicht entdeckt zu werden. Sie wollte allein sein.

Sie schlug einen Bogen, überquerte dann die Straße und setzte sich auf eine Bank am Seeufer. Es war dämmrig und kalt, die Berge waren wolkenverhangen. Ein leichter Wind ließ das Wasser am Ufer leise plätschern. Wie das Meer an einem ruhigen Novembertag.

Stefanie blickte auf den See hinaus, während es dunkler und dunkler wurde. Sie wollte nicht mehr cool bleiben, sie wollte sich nicht mehr als Fremde fühlen, sie wollte nicht mehr allein sein. Sie wollte heim. Erst spät machte sie sich müde und durchfroren auf den Heimweg. Die Abendessenszeit war schon vorüber. Grund für einen gelben Zettel, dachte sie flüchtig, aber es war ihr vollkommen egal.

Ungesehen gelangte sie ins Haus. In ihrem Zimmer war es stockfinster, nur das Quietschen von Meryls Bett verriet ihr, daß ihre Mitbewohnerin da war.

Sie tastete sich zu ihrem Nachttisch und stellte das Körbchen vorsichtig ab. Dann zog sie sich im Dunkeln aus, ließ die Kleider einfach fallen und kuschelte sich in ihre Decke.

Als sie ganz still dalag und darüber nachgrübelte, wie es weitergehen sollte, hörte sie plötzlich unterdrücktes Weinen. Sie merkte, wie ihr Haß auf Meryl nachließ. Sie war rücksichtslos und egoistisch, aber bestimmt war sie auch unglücklich. Sonst würde sie nicht weinen, denn der Schmerz von den Ohrfeigen war bestimmt längst vorbei.

„Sie ist immer allein", hatte Christine gesagt.

Aber allein bin ich auch, dachte Stefanie. Und dann kamen auch ihr die Tränen und flossen, bis sie endlich einschlief.

Stunden später öffnete sich vorsichtig die Tür, und Christine kam herein. Im matten Licht, das die Flurbeleuchtung ins Zimmer warf, betrachtete sie nachdenklich die zwei schlafenden Mädchen.

„Ihr scheint ja ganz schöne Probleme zu haben", murmelte sie. „Es hilft nichts, ich werde euch trennen müssen. Schlaft gut, ihr beiden." Leise ging sie hinaus.

Stefanie hat Sorgen

Am nächsten Morgen erwachte Meryl als erste. Mit einer Mischung aus Abscheu und Respekt betrachtete sie ihre schlafende Mitbewohnerin. Verdammt, konnte die zuhauen für so 'ne halbe Portion! Meryl rieb sich das Gesicht, als ob sie die Backpfeifen immer noch spürte.

Schlimmer als die Schläge war die Demütigung. Wie hatte die es wagen können, sie anzurühren! Und aus was für einem lächerlichen Anlaß! Wegen ein paar albernen Marzipanfrüchten, die wahrscheinlich sowieso schmeckten wie Wattebäuschchen, weil sie schon so alt waren. Verdammt, wenn sie wollte, könnte sie dieser blöden Kuh einen ganzen Eimer von den Dingern kaufen. Aber sie wollte nicht. Jetzt schon gar nicht mehr. Und ein allesfressendes, herzloses Monster sollte sie sein?

Bin ich nicht, dachte Meryl. Aber du bist eine kleinliche, aufgeblasene Gans! Keinen Tag bleib ich länger mit dir in einem Zimmer!

Meryls Entschluß war gefaßt. Sie würde mit jemand anderem zusammenziehen. Egal, mit wem. Und sie würde mit ihrem Anliegen nicht zu Christine gehen. Die erzählte bloß wieder irgendeinen Scheiß, von wegen Partnerschaft und Rücksicht auf die andern. Rücksicht! Waren Backpfeifen etwa rücksichtsvoll?

Sie würde direkt zu Corman gehen, so sehr ihr der Typ auch stank. Und ihm von der Dresche erzählen, die sie bezogen hatte. Wetten, daß sie sofort in ein anderes Zimmer kommen würde? Und die da, die würde eine saftige Strafe kriegen. Auf einem gelben Zettel!

Meryl kicherte leise. Dann ging sie unter die Dusche.

In der großen Pause machte sie sich auf den Weg ins Direktorat. Die Tür zum Vorzimmer stand offen, ebenso die zum Zimmer des Direktors. Keine Menschenseele war da.

Einen Moment überlegte Meryl, ob sie auf dem Gang warten sollte, aber sie entschied sich dagegen. Warum stehen, wenn man auch sitzen konnte! Im Sekretariat gab es einen Stuhl. Meryl ließ sich nieder und spähte neugierig ins Direktorenzimmer. Ob auf dem Schreibtisch was Interessantes lag?

Meryl stand auf und schaute in den Gang hinaus. Niemand zu sehen. Mal kurz nachgucken war ja wohl kein Verbrechen. Wenn der auch Marzipanfrüchte hatte, würde sie sie jedenfalls in der Packung lassen!

Auf leisen Sohlen ging sie nach nebenan und warf einen Blick auf den Schreibtisch. Typisch! Wie abgezirkelt lagen Aktenmappen darauf, nach Farben sortiert, daneben in Reih und Glied fünf grüne Stifte mit Minen wie Nadelspitzen. Und da – ein Stoß gelbe Zettel!

Meryl kam näher. Was stand auf dem obersten? Kollege Lefebre, zweimal unterstrichen. Meryl hob ihn vorsichtig auf. Die darunter waren leer. Ob man auf einen Stefanie Hansen schreiben sollte? Meryl griff sich einen von den Stiften. Nee, lieber nicht. So verkalkt war der auch nicht, daß er nicht mehr wußte, welchen Namen er aufgeschrieben hatte. Eigentlich schade.

„Aha, da haben wir ja endlich die Schuldige!“ Die näselnde Stimme durchdrang sie wie ein Peitschenhieb. Sie fuhr herum.

Mit triumphierender Miene stand Monsieur Corman in der Tür. „Da hat mein Plan ja schneller zum Erfolg geführt, als ich zu hoffen gewagt habe! Welche Unverfrorenheit wolltest du denn diesmal hinschmieren?“

„Aber ich wollte doch nur ... Ich bin doch nur ...“

„Deine lächerlichen Ausflüchte interessieren mich überhaupt nicht! Ich habe dich auf frischer Tat ertappt! Von Anfang an habe ich gewußt, daß du nicht an diese Schule paßt! Und ich kann dir versichern, daß du die längste Zeit hiergewesen bist! Geh jetzt in deine Klasse, alles weitere wirst du zu gegebener Zeit erfahren!“

Wie betäubt schlich sich Meryl davon. Sie würde von der Schule und aus dem Internat fliegen! Sie hatte doch gar nichts getan! Alle würden mit Fingern auf sie zeigen, und sie, diese widerliche Mistbiene von Stefanie, die eigentlich an allem schuld war, würde sich halbtot lachen vor Genugtuung – das war das Ätzendste von allem!

Aber – Meryl blieb stehen und überlegte. Vielleicht war es gar nicht so schlecht, daß das Hühnerauge sie für die Täterin hielt. Ein paar Tage voller Demütigungen noch, eine Riesenszene von ihrer Mutter und Gebrüll von ihrem Vater – falls sie überhaupt Zeit hatten. Und dann: Meryl sah den großen Bungalow vor sich, den Swimmingpool und die Hollywoodschaukel – Hamburger, Chips und Cola bis zum Abwinken, jede Menge Kohle für Klamotten, einen Kopfputz, so affenscharf, daß die Nachbarn Froschaugen kriegen würden, und den ganzen Tag niemand im Haus außer der albernen Mrs. Clinton, der man nach Belieben auf der Nase herumhüpfen konnte ...

Vielleicht gar nicht so schlecht, rauszufliegen und wieder das alte Leben zu führen. Eine andere Möglichkeit gab es für ihre Alten doch nicht, höchstens ein anderes Internat, und das konnte auch nicht schlimmer sein; zumindest gab es da keine Stefanie Hansen.

Einigermaßen getröstet ging Meryl in ihre Klasse.

Nach dem Essen stolzierte sie in ihr Zimmer und erklärte Stefanie, die am Tisch saß und arbeitete: „So, du bist mich endlich los. Und vor allem ich dich."

Stefanie nickte gleichmütig. „Klar bin ich dich los. Gott sei Dank, kann ich nur sagen. Alexandra zieht hier ein, und du kommst zu Fatima aus der Sechsten. Christine hat es mir vorhin schon gesagt. Du erzählst mir also nichts Neues."

„O nein, ich komme nicht zu Fatima aus der Sechsten. Ich flieg aus der Schule. Ich darf endlich nach Haus."

Stefanies Neugier war größer als ihr fester Vorsatz, kein überflüssiges Wort mehr mit Meryl zu reden. „Du?" fragte sie. „Mach dich nicht lächerlich. Warum solltest du von der Schule fliegen? Höchstens, wenn ich Direktorin wäre."

„Weil ich die gelben Zettel geschrieben habe."

„Quatsch!" sagte Stefanie nur und vertiefte sich wieder in ihr Buch.

Meryl fühlte, wie die Wut schon wieder in ihr hochkam.

Verdammte Überheblichkeit! „Gar kein Quatsch! Das Hühnerauge hat mich in seinem Zimmer erwischt, und jetzt glaubt er, daß ich die gelben Zettel geschrieben habe."

Es stimmte also wirklich.

„Das glaubt er im Ernst? Dann hat er nicht mehr alle Tassen im Schrank!"

„Weiß ich nicht. Aber jedenfalls werd ich rausgeschmissen."

„Und das findest du wohl auch noch gut, was? Mann, du bist wirklich noch dämlicher, als du aussiehst!" Stefanie stand auf und ging aus dem Zimmer.

„Klar find ich das gut!" brüllte Meryl hinter ihr her. „Schon deshalb, weil ich dann deine Visage nie mehr sehen muß, blöde Kuh!"

Stefanie hörte jedes Wort, aber sie ärgerte sich nicht einmal mehr. Das sah dem Pummelpunk ähnlich. Glaubte die wirklich, ihre Probleme würden sich lösen, wenn sie aus Schloß Vermont rausflog? Noch dazu für etwas, das sie überhaupt nicht gemacht hatte? So dumm konnte wirklich bloß Meryl sein. Stefanie fand sie ungefähr so sympathisch wie ein Kilo schwarze Spinnen unterm Kopfkissen bei Vollmond und wäre sie liebend gern losgeworden. Aber nicht so!

Sie ging in den zweiten Stock und klopfte leise an Richards Tür.

„Ja, was gibt's?" Die beiden Brüder brüteten über ihren Hausaufgaben.

„Können wir einen Moment reden?" Stefanie sah Richard fragend an.

„Meinetwegen, leg los!"

„Ich meine, nur wir beide!"

Pierre funkelte sie böse an, aber sie achtete nicht darauf.

„Bitte!“

Richard erhob sich zögernd. „Na gut, aber nicht lange. Ich hab ’ne ganze Menge ...“

„Ich weiß, ich weiß“, unterbrach Stefanie schnell. „Es dauert nur fünf Minuten.“ Draußen auf dem Gang erzählte sie leise, was sie von Meryl gehört hatte.

Richard war nicht sehr beeindruckt. „Na und?“ fragte er. „Was geht mich das an?“

„Was dich das angeht?“ rief Stefanie empört.

„Red leiser!“

„Was dich das angeht?“ wiederholte sie mit gedämpfter Stimme. „Das geht dich eine ganze Menge an! Du weißt genau, daß Meryl mit diesen Zetteln nichts, aber auch gar nichts zu tun hat. Du darfst nicht zulassen, daß sie dafür rausgeschmissen wird.“

„Ach nee! Wo kommt denn die plötzliche Liebe her? ‚Sie macht mich wahnsinnig, ich kann sie nicht mehr ertragen, ich dreh ihr den Hals um!‘, so hast du die ganze Zeit rumgetönt. Und jetzt heißt es auf einmal, ‚die bedauernswerte Meryl, das arme, arme Zuckermäuschen darf doch nicht leiden, man muß ihr helfen‘: Stefanie, die Sozialarbeiterin! Da stimmt doch was nicht! Kann es sein, daß da was andres dahintersteckt?“

„Und das wäre?“ fragte Stefanie eisig, obwohl es in ihr brodelte wie in einem Dampfkochtopf.

„Was weiß ich?“ Richard hob die Hände. „Vielleicht hast du ’n Frust, weil ich nicht mehr mit dir geh, und willst mir eins auswischen?“

„Was??“ Stefanie glaubte nicht richtig gehört zu haben. „Das traust du mir zu? Ich weiß ja noch nicht mal, was los ist und warum du dich so zum Kotzen aufführst seit ein paar Wochen! Ich hab dir überhaupt nichts getan!“

„Nichts getan, nichts getan!“ sagte Richard verächtlich. „Glaubst du, ich hab nicht gesehn, wie ihr euch angegrinst habt, du und Carlotta, wenn sie wieder mal ihr blödes ‚Traumpaar Nr. 2‘ von sich gegeben hat? Wahrscheinlich hast du ihr täglich die neusten Lovestorys geflüstert. ‚Heute Händchenhalten. Der hat sich angestellt, sag ich dir!‘ Die Jungs aus meiner Klasse haben sich schon lustig gemacht über mich. Und dann hast du noch Pierre ins Abseits gestel...“

„Halt endlich die Klappe!“ Stefanie hatte es plötzlich unheimlich satt, sich das weiter anzuhören. „Der Quatsch, den du da erzählst, ödet mich an. Kein einziges Wort ist davon wahr. Aber wenn du das glaubst – dein Bier. Bloß das eine noch: Ich kann Meryl auf den Tod nicht ausstehn, stimmt. Den Tag, an dem sie hier verduftet, ernenn ich zu meinem zweiten Geburtstag. Aber das heißt noch lange nicht, daß ich sie in dem Dreck sitzen laß, den sie gar nicht gemacht hat. Deshalb helf ich ihr.“

Richards Augen wurden schmal. „Wenn du petzen willst ...“

„Mann, Richard, du bist wirklich ein unheimliches Arschloch!“ Stefanie hatte endgültig genug. Sie machte auf dem Absatz kehrt; rumms! fiel die Tür hinter Richard ins Schloß.

Wenn einer sich so aufführt, dann ist er's nicht wert, daß man hinter ihm herheult, dachte sie, während sie die Treppe runterging. Also das steckte dahinter! Nicht nur das eifersüchtige kleine Brüderchen. Seine Freunde hatten sich über ihn lustig gemacht, und schon war sie total out. So einfach war das. Mein Gott, konnten Jungen blöd sein.

Bleib cool, Stefanie, schlag 'n Ei drüber!

Mit dem Fall Meryl mußte sie jetzt allein fertig werden. Entschlossen ging sie zu Christines Zimmer.

Die Erzieherin hörte sich an, was Stefanie zu sagen hatte, ohne sie zu unterbrechen.

„Okay", meinte sie dann. „Meryl hat also mit den verdammten Zetteln nichts zu tun, du weißt, wer sie geschrieben hat, willst ihn aber nicht verpfeifen. Seh ich das richtig?"

Stefanie nickte.

„Es ist dir nicht leichtgefallen, zu mir zu kommen, wie?" Plötzlich lächelte Christine. „Aber ich kann dich beruhigen. Meryl wird bald außer Verdacht sein. Sie hätte nämlich nicht einen einzigen dieser Zettel zustande gebracht. Dazu ist ihr Französisch viel zu miserabel. Das müßte sogar Monsieur Corman einleuchten. Daß du nicht sagen willst, wer es wirklich war, versteh ich gut. Überhaupt ist das Ganze viel zu lächerlich, um darüber ein solches Getöse zu machen. Also vergiß es!"

Schon am nächsten Tag war nicht mehr die Rede davon, daß Meryl die Schuldige sein könnte. Sie kriegte einen Zettel, und zwar einen echten, auf dem ihr Hühnerauge eine Woche Gartenarbeit aufbrummte, und damit war der Fall erledigt.

Sie hätte es zwar um nichts in der Welt zugegeben, aber sie war sehr erleichtert darüber. Die Vorstellung, in Houston, Texas, aus dem Flugzeug steigen und ihren Eltern erklären zu müssen, daß sie aus der Schule geflogen wäre, war so scheußlich, daß ihre Träume von Swimmingpool, Hollywoodschaukel und Supermäcs ziemlich in den Hintergrund gerückt waren.

Die Gartenarbeit machte ihr so viel Spaß, daß sie dem Gärtner ohnehin freiwillig half, wann immer sie Zeit hatte. Fatima, mit der sie jetzt das Zimmer teilte, schwärmte für Techno und Rap und war selbst so unordentlich, daß sie sich um Chipskrümel auf dem Boden herzlich wenig kümmerte. Zum ersten Mal seit ihrer Ankunft in Schloß Vermont war Meryl deshalb mit der Welt halbwegs zufrieden.

Auch Steffi fühlte sich wie von einer Riesenlast befreit. Kein ucka-ucka, wromm-tototototo-wromm mehr, kein Streit, keine Schikanen, keine aufgefressenen Süßigkeiten; frisches Cellophan und eine prächtige neue grüne Schleife schmückten das Marzipankörbchen.

Alexandra redete zwar wie ein Recorder mit Autoreverse, aber sonst konnte man prima mit ihr auskommen. Und die Sache mit Richard, die tat zwar noch weh, aber wenn die Wut größer war als die Sehnsucht, hielt man allerhand aus. Und daß sie wütend war, dafür hatte der Typ gesorgt.

Nur die abendlichen Spaziergänge, die waren allein nicht halb so schön. Aber nach kurzer Zeit löste sich auch das Problem. Denn eines Abends gesellte sich César, der gemopspinscherte Spitzdackelterrier, zu ihr. Die beiden verstanden sich prächtig, und bald erwartete der kleine Hund sie an jedem Abend pünktlich um sieben an der alten Kastanie, genau wie früher Richard. Nur, daß er jedes Mal auch noch was mitbrachte, einen frischen, duftenden Pferdeapfel nämlich.

Es hätte also alles in Ordnung sein können. Aber schon nach zwei Wochen, als nach dem Mittagessen die Post verteilt wurde, kam der nächste Hammer in Gestalt eines blauen Luftpostbriefs aus Ruanda. Stefanie lief eilig aus dem Speisesaal und setzte sich aufs Klo, das war nämlich der einzige Ort, wo man garantiert ungestört war, öffnete ihn voller Vorfreude und begann zu lesen.

Am Anfang entschuldigte sich Papa wie üblich, daß er so wenig Zeit zum Schreiben gehabt habe und daß die Briefe so lang bräuchten, weil sie mit einer Maschine nach Deutschland geflogen und dann erst in den Briefkasten gesteckt würden. Dann berichtete er von seiner Arbeit, von der schwülen Hitze, von den furchtbaren Zuständen in den Flüchtlingslagern, von den Tausenden von Patienten, die er und seine Kollegen nur notdürftig versorgen konnten. Außerdem schrieb er natürlich all das, was besorgte Väter so schreiben: Ob es ihr gutginge, ob sie sich jetzt im Herbst auch immer warm genug anzöge, ob in der Schule alles gut liefe und so weiter. Der Hammer stand erst im letzten Absatz:

Meine liebe Steffi, ich weiß gar nicht, wie ich es Dir sagen soll ... Die Verhältnisse hier haben sich im letzten Monat noch verschlimmert, wir arbeiten fast rund um die Uhr, und doch ist alles, was wir tun, nur ein Tropfen auf einen heißen Stein. Um es kurz zu machen: Es ist völlig ausgeschlossen, daß meine Einheit zu Weihnachten nach Hause fliegen kann; Du wirst also im Internat bleiben müssen. Ich weiß wohl, wie schlimm das für Dich ist. Aber ich kenn

Dich auch gut genug, um zu wissen, daß Du für die bedauernswerten Menschen hier Verständnis aufbringst. Es sind so viele Kinder unter ihnen ...

Wie betäubt hockte Stefanie auf dem Toilettendeckel und las immer wieder, was sie doch nicht glauben konnte: *Du wirst also Weihnachten im Internat bleiben müssen ...* Das durfte nicht wahr sein, das konnte er ihr nicht antun! Wußte er eigentlich, wie sehr sie ihn vermißte, wie sehr sie sich nach zu Hause sehnte, wie sehr sie den Weihnachtsferien entgegenfieberte? Aber das schien ihn nicht weiter zu interessieren. Ihn interessierte bloß seine Arbeit!

Mit hängendem Kopf schlich Stefanie in ihr Zimmer. Alexandra, die wie immer in bester Laune auf dem Bett lag und las, begrüßte sie fröhlich. „Wo hast du denn gesteckt? Carlotta war grad da und wollt' dich zur Probe abholen!"

Probe – auch das noch! Das hatte sie völlig vergessen. An sich machte ihr das Spielen riesenhaft Spaß. Mit Monsieur Lefebre übten sie ein irrsinnig komisches Stück ein, das er selbst geschrieben hatte; zur Weihnachtsfeier sollte es aufgeführt werden. Zur Weihnachtsfeier ... Heute hatte sie ungefähr so viel Lust zum Theaterspielen wie ein Angler Sattelschwein zum Kotelettbraten. Aber was half's!

„Okay, ich mach mich auf die Socken. Bis später!"

Was Stefanie betraf, war die Probe eine Katastrophe. Sie brachte ihre Auftritte durcheinander, vergaß ständig ihren Text und war so geistesabwesend, daß sich Monsieur Lefebre schließlich besorgt erkundigte: „Was ist los, Steffi, hast du ein Problem?"

Klar hatte sie ein Problem, und das drückte sie mehr, als wenn Monsieur Lefebre seine gesamten hundertundzehn Kilo auf ihre Schultern verfrachtet hätte. Aber vor den anderen und besonders vor *dem* – mit einem schnellen Seitenblick streifte sie Richard, der nicht weit von ihr entfernt stand – würde sie garantiert keine Silbe davon erwähnen.

„Nee, überhaupt nicht. Aber ich glaub, ich hab mir 'ne Erkältung eingefangen."

„Ach so. Dann sieh bloß zu, daß du bald wieder auf dem Damm bist." Der Lehrer grinste. „Nicht, daß ich mir um dich Sorgen mache. Alle wahren Künstler sind Egoisten; mir geht es bloß um das Stück! Also sag ruhig, wenn du lieber rüber gehen und dich aufs Ohr legen willst!"

„Nein, nein, es geht schon!" Und irgendwie stand sie es dann auch durch.

Später, als sie wieder in ihr Zimmer kam, war Alexandra nicht da. Endlich Ruhe zum Nachdenken und zum Traurigsein! Stefanie wollte sich eben aufs Bett werfen, da entdeckte sie ein Kärtchen, das auf dem Kopfkissen lag und mit einer altertümlichen Schrift voller Kringel und Schleifen bedeckt war.

Nicht schon wieder! stöhnte sie innerlich. Mein Bedarf an Post ist für heute gedeckt!

Aber dann las sie doch. *Liebe Steffi*, stand auf der Karte, *heute wollte ich Dich besuchen – aber leider warst Du nicht da. Ich war seit langer Zeit einmal wieder in Genf, und aus dem wunderbaren Café in der Rue du Rhône habe ich köstliche Pralinen mitgebracht. Hast Du Lust, bei mir vorbeizuschauen und sie zu versuchen? Deine Valerie Bodmer.*

Nein, ich habe keine Lust, nicht mal auf Pralinen, nicht mal auf Marzipanpralinen, ich will mit niemandem reden, ich will allein sein, ich will versuchen, damit fertig zu werden, daß ich Weihnachten mutterseelenallein verbringen muß!

Seufzend machte sich Stefanie auf den Weg ins Seniorenheim. Für ihren Kummer konnte Madame Bodmer schließlich nichts; und ganz bestimmt hatte sie es nicht verdient, daß man sie sitzenließ.

Als Stefanie die Freude im Gesicht der alten Dame sah, bereute sie ihren Entschluß nicht. Der Kaffeetisch war gedeckt, es gab Kuchen und Kekse und, auf einer silbernen Schale angerichtet, einen ganzen Berg Pralinen.

„Alles Marzipan", sagte Madame Bodmer und zwinkerte ihr zu. „Ich kenne schließlich deine Vorlieben!"

Stefanie war sehr gerührt, und sie nahm sich nach Kräften zusammen, um sich nichts anmerken zu lassen. Trotzdem merkte die alte Frau bald, daß etwas nicht in Ordnung war.

„Du rührst ja die guten Dinger kaum an", bemerkte sie verwundert. „Hältst du Diät? Mein liebes Kind, das wäre bei dir aber wirklich Unsinn! Oder hat dich Madame Wälterli überzeugt, daß Süßigkeiten verheerend für die Gesundheit sind?"

„Nein, nichts von beidem." Stefanie versuchte zu lächeln und unterdrückte die aufsteigenden Tränen.

Madame Bodmer erhob sich mühsam und humpelte zum Wohnzimmerschrank. Sie holte zwei Gläser und eine Flasche heraus und setzte sich wieder hin.

„So, jetzt trinken wir ein Glas Sherry zusammen, und dabei

erzählst du mir, was passiert ist, einverstanden?"

Stefanie nickte wortlos. Nach einem kleinen Schluck aus dem Glas fühlte sie sich besser und schilderte der alten Dame ihr ganzes Elend. Zum Schluß holte sie den zerknitterten Brief aus der Tasche ihrer Jeans und hielt ihn Madame Bodmer hin. „Da, das ist der Brief."

„Darf ich ihn lesen?"

„Klar."

Die alte Frau setzte umständlich ihre Brille auf und las. Als sie fertig war, sagte sie: „Ein sehr liebevoller Brief, finde ich. Dein Vater muß ein netter Mann sein."

„O ja, das ist er", bekräftigte Stefanie. „Auch wenn er mich jetzt so hängenläßt."

„Aber er läßt dich doch nicht hängen!" widersprach Madame Bodmer. „Das mußt du doch aus seinem Brief herauslesen. Es fällt ihm genauso schwer wie dir, daß er dich Weihnachten allein lassen muß. Aber merkst du nicht, daß er nicht anders kann? Er hat sich auf diese schwierige Aufgabe eingelassen, und jetzt muß er sie auch ausführen, solange sein Einsatz dauert. Wenn er nicht da ist, fehlt dort unten ein Arzt, Weihnachten hin oder her, und das heißt, daß vielleicht Hunderte von Erwachsenen und Kindern elend zugrunde gehen müssen. Meinst du nicht, daß er von den Menschen in Ruanda noch dringender benötigt wird als von dir?"

Stefanie kaute trübsinnig an ihren Nägeln. „Vielleicht stimmt das, daß er gar nicht weg kann. Vielleicht versteh ich ihn jetzt auch. Aber trotzdem ... Ich hab mich so auf ihn gefreut und auf zu Hause ..." Wieder quollen dicke Tropfen aus ihren Augen.

Die alte Dame strich ihr sanft über die Hand. „Ich weiß genau, wie schwer das ist“, sagte sie leise. Dann fuhr sie in ihrem gewohnten fröhlichen Tonfall fort: „Viel kann ich dir nicht helfen, deinen Vater kann ich dir nicht herbeizaubern. Aber komischerweise ist ausgerechnet Weihnachten das Alleinsein eine besondere Strapaze; also, warum tun wir nichts dagegen? Du bist allein, ich bin allein – warum kommst du nicht Heiligabend zu mir?“

Stefanie lächelte schniefend. „Aber was ist mit Monsieur Leroux?“

„Ach der.“ Madame Bodmer winkte ab. „Glaubst du, der würde die Festtage mit mir verbringen wollen? Außerdem besucht er zu Weihnachten reihum seine Kinder, streitet sich mit allen und kommt dann nach Neujahr noch doppelt so schlecht gelaunt zurück, wie er abgereist ist.“

„Dann komm ich gern. Sehr gern“, sagte Stefanie, „das ist riesig nett von Ihnen.“

„Von mir? Eher von dir! So, und jetzt iß endlich von den Marzipanpralinen!“

Wenig später ging Steffi getröstet ins Internat zurück. Nein, getröstet nicht ganz. Aber immerhin halb.

Erwischt

In den Tagen danach kehrte der Winter ein. Die granitgrauen Riesenberge jenseits des Sees leuchteten plötzlich weiß bis in die Täler hinunter, und an klaren Tagen waren Wiesen und Sträucher des Parks morgens mit einer glitzernden Reifschicht bedeckt. An den Wochenenden wollte kaum jemand mehr nach Genf fahren, die Ski-Ausflüge mit Jacques, Monsieur Lapointe oder den Sportlehrern waren weitaus begehrter.

Die Woche über schufteten alle schwer, denn schließlich gab es vor Weihnachten Zeugnisse, und die Weihnachtsfeier, eine der größten Attraktionen des Schuljahrs, mußte auch vorbereitet werden.

Der geheimnisvolle Schreiber der gelben Zettel war noch immer nicht erwischt worden, obwohl er immer noch schwer aktiv war; kaum ein Tag verging, an dem nicht irgend jemand mit einem Zettel beglückt wurde. Aber besonders witzig waren die Aufschriften meistens nicht mehr; irgendwie schien ihm nichts mehr einzufallen, und man hatte das Gefühl, er wollte sich bloß noch wichtig machen. Aber keiner kam ihm auf die Schliche, und so schlug die Nachricht, daß es ihm endlich doch an den Kragen gegangen war, wie eine Bombe ein.

Natürlich war es Carlotta, die als erste davon erfahren hatte. Die Fünfte hatte sich gerade von einer besonders ätzenden Mathestunde erholt, als sie ins Klassenzimmer stürmte.

„Stellt euch vor!" keuchte sie und ließ sich auf einen Stuhl sinken, „stellt euch vor, sie haben den Typ mit den Zetteln gecasht!!!"

„Was?" – „Wer isses?" – „Sag schon, wer steckt dahinter?" – „Mensch, pack endlich aus!" Die Klasse war völlig aus dem Häuschen.

Aber Carlotta tippte sich bloß an die Stirn. „Nee, nee, die Story laß ich mir nicht verderben – der Mörder kommt immer erst auf der letzten Seite. Also laßt mich ausreden."

Wohl oder übel mußten sich alle gedulden.

„Also – Tatort Lehrergarderobe. Ihr wißt doch, die Fourchette kommt morgens in die Schule, zieht in der Garderobe ihren Mantel aus, stellt ihre Tasche ab und ..."

„... geht pieseln", ergänzte Alexandra.

„Genau. Und jeden Dienstag hat sie die ersten beiden Stunden frei. So auch heute. Sie kommt in die Schule, betritt die Lehrergarderobe, zieht ihren Mantel aus ..."

„Mensch, mach 'ne Kurzgeschichte draus!" stöhnte jemand.

„... zieht ihren Mantel aus", wiederholte Carlotta ungerührt, „stellt ihre Tasche auf dem Boden ab und verschwindet ins Klo. Das hat der Täter beobachtet. So muß es gewesen sein. Er wartet ab, bis sich die Tür hinter ihr geschlossen hat, schleicht in die Garderobe und zieht einen gelben Zettel aus der Hose. Er wirft noch einen letzten Blick darauf, öffnet die Tasche der Fourchette und nimmt ihren Lehrerkalender heraus. Da hinein will er ihn legen, da muß sie ihn auf jeden Fall finden, und zwar während des Unterrichts, weil sie sich dann am meisten ärgert. Er klappt den Kalender auf und ..."

„Ja, was und?" Alexandra hielt es nicht mehr aus. „Jetzt hör doch endlich auf, uns 'ne griechische Tragödie vorzuspielen, sondern komm zum Wesentlichen!"

„Phh", Carlotta verschränkte beleidigt die Arme vor der Brust. „Wenn ihr lieber warten wollt, bis euch jemand anders die Sache erzählt ..."

Das wollte natürlich niemand.

„Wo war ich stehengeblieben? Ach ja. Aus irgendeinem Grund hat sich die Gabel heute besonders beeilt, vielleicht mußte sie auch gar nicht, was weiß ich, jedenfalls, sie kommt in die Garderobe und sieht den Mörder ... quatsch, den Täter, wie er ihren Kalender in der Hand hält und gerade einen Zettel hineinlegen will. Sie stürzt zu ihm, reißt ihm beides aus der Hand, liest, was auf dem Zettel steht ..."

„Was stand denn drauf?"

„Wie? Unterbrecht mich doch nicht immer! Was wollt ihr?"

„Hören, was auf dem Zettel draufstand!"

„Auf dem Zettel?" Carlotta rieb sich verdutzt das Kinn. „Gute Frage! Das weiß ich nicht!"

Ein vielstimmiger Aufschrei ging durch die Klasse. Alexandra sprang auf und näherte sich Carlotta mit unheildrohender Miene. „Sagst du uns jetzt endlich, wer es ist?"

„Wer was ist?"

Alexandra knirschte mit den Zähnen. „Wer der Zettelschreiber ist!!!"

„Ach, hab ich euch das noch nicht gesagt?" Carlotta machte große, unschuldige Kulleraugen. „Pierre natürlich. Der Bruder von Richard."

„Was, der Kleine?" – „Weißt du das genau?" – „Was passiert jetzt mit ihm?"

Die Ankunft der Fourchette machte allen Fragen vorerst ein Ende.

Stefanie war die einzige, die sich für Carlottas Geschichte nicht interessiert hatte. Sie kannte den Schreiber – seit dem ersten Zettel. Jetzt machte sie sich Vorwürfe, daß sie nicht selbst versucht hatte, Pierre zum Aufhören zu bewegen. Richard war dazu anscheinend nicht in der Lage gewesen. Der Dummkopf war wahrscheinlich auch noch stolz auf seinen kleinen Bruder, der es so lange geschafft hatte, eine ganze Schule zum Narren zu halten.

Am Anfang, ja, da war sie auch begeistert gewesen, hatte über die witzigen Aufschriften gelacht und sich gefreut, daß dem Direktor endlich mal kräftig eins ausgewischt wurde. Aber spätestens, als klar wurde, was auf dem Spiel stand, hätte sie ...

Hätte, hätte! Jetzt ist es jedenfalls zu spät, dachte sie, und außerdem hätte die kleine Knalltüte doch nicht auf mich gehört.

Ob sie jetzt noch etwas tun konnte? Steffi beschloß erst mal abzuwarten. Vielleicht kam es ja gar nicht so schlimm. Vielleicht machte Hühnerauge seine Drohung gar nicht wahr.

Für ein paar Tage war Pierre der absolute Mittelpunkt der Schule. Nachdem er über den Schock hinweg war, daß man ihn erwischt hatte, sonnte er sich im Glanz seines Ruhms und wurde nicht müde zu erzählen, wie er es immer wieder geschafft hatte, Zettel zu verteilen, ohne daß man ihm auf die Schliche gekommen war.

Aber bald erlahmte das Interesse; alle hatten viel zu tun, und außerdem schien es, als ob sich das Kollegium verschworen hätte, keine Silbe über den Fall zu verlieren. Niemand, nicht einmal Monsieur Lefebre, gab Auskunft, was denn nun passieren würde. Das lag daran, daß Hühnerauge alle Lehrer und Erzieher zu strengstem Stillschweigen verpflichtet hatte.

„Wir werden diesem unglaublichen Vorgang nicht noch dadurch Popularität verleihen, daß wir mit unseren Schülerinnen und Schülern diskutieren und ihnen womöglich noch Anlaß geben, Partei zu ergreifen", hatte er genäselt. „Also bitte, meine Damen und Herren, kein Wort darüber! Es handelt sich hier um ein schwebendes Verfahren!"

So war die ganze Geschichte schon fast wieder in Vergessenheit geraten, als zehn Tage später die Nachricht durchsickerte, daß am Nachmittag die Konferenz stattfinden sollte, auf der über die Strafe für den kleinen Pierre entschieden würde.

Natürlich ging alles genauestens nach den Vorschriften. Pierre bekam das Recht, unterstützt von Claudia, der Schülersprecherin, sich zu äußern und alles vorzubringen, was vielleicht zu seinen Gunsten sprechen könnte.

Während er im Lehrerzimmer war, lief Richard im Gang unruhig hin und her. Es war ihm anzusehen, wie bedrückt er war und daß er sich große Sorgen um seinen kleinen Bruder machte.

Als die Tür aufging und Claudia und Pierre herauskamen, fragte er hastig: „Und? Wie ist die Stimmung? Geht es gut aus?“

Claudia machte ein zweifelndes Gesicht. „Ein paar hat er bestimmt auf seiner Seite“, meinte sie. „Du kannst dir denken, wen. Aber Hühnerauge ist so was von eiskalt ... Und dann die, die sich über ihre Zettel geärgert haben ... Vielleicht, weil die Wahrheit draufstand ... Ich leg meine Hand nicht ins Feuer, daß die Abstimmung gut ausgeht.“

Pierre hatte seine Selbstsicherheit verloren und wirkte ziemlich verstört. Richard legte tröstend den Arm um ihn und sagte: „Komm, wir gehen in unser Zimmer. Bringt doch nichts, hier rumzustehen.“

Stefanie beobachtete die beiden von einem Flurfenster im ersten Stock aus, als sie mit hängenden Schultern über den Hof kamen. Sie taten ihr entsetzlich leid. Spontan rannte sie die Treppe runter und lief ihnen entgegen.

„Kann ich irgendwas tun?“ fragte sie leise. Sie hatte unheimlich Angst, wieder eine Abfuhr zu kriegen, aber als sie Richard ins Gesicht sah, wußte sie, daß ihre Befürchtung überflüssig war.

„Echt nett von dir“, antwortete er und lächelte schwach, „aber in diese Riesenscheiße haben wir uns so gründlich reingeritten, da kommen wir kaum noch raus.“

Das imponierte ihr, daß er so selbstverständlich „wir“ sagte. Klar, er war nicht ganz unschuldig an dem ganzen Trouble, aber den eigentlichen Mist hatte doch der Kleine gebaut.

Und dann sagte er noch etwas, und damit war er, fand

Stefanie, fast wieder der alte Richard: „Ich hab mich saublöd aufgeführt. Aber ewig das dumme Gelaber von den andern, und dann noch der Ärger mit Pierre ... Bist du noch böse?"

„Bin ich nicht", erwiderte Stefanie, „und außerdem ist das jetzt Nebensache. Kommt mit ins Fernsehzimmer, auf 'ne Runde *Mensch ärgere dich nicht*. Das ist besser als rumzugrübeln!"

Inzwischen ging hinter verschlossenen Türen die Konferenz weiter. Monsieur Lefebre legte sich mächtig ins Zeug, um Pierre vor dem Schlimmsten zu bewahren; Christine, Jacques und einige andere unterstützten ihn, so gut sie konnten. Aber das Hühnerauge war nicht zum Nachgeben zu bewegen; die Gabel, die gleich mehrmals ihr Fett abgekriegt hatte, und Monsieur Meunier, der immer noch beleidigt war, blieben genauso unerbittlich. Schließlich gab es auch noch die, die es überall gibt: die immer haargenau das sagen, was der Chef sagt. Und so kam es, daß in der Abstimmung mit dreizehn zu zehn Stimmen entschieden wurde, daß der kleine Pierre wegen groben Verstoßes gegen die Regeln der schulischen Gemeinschaft von Internat und Schule zu verweisen war.

Das Ergebnis war eben im Protokoll schriftlich niedergelegt worden, als die Sekretärin aufgeregt ins Zimmer stürzte.

„Sie werden am Telefon verlangt, Monsieur", sagte sie zum Direktor, „Madame Perrier ist dran!"

Hühnerauge schoß in die Höhe, richtete seine Krawatte, obwohl die wie immer völlig korrekt saß, fuhr sich über die

Haare, wischte sich die Schuppen von den Schultern und eilte in sein Büro.

Das Kollegium blieb tuschelnd zurück. Was Madame Perrier wohl wollte? Sie war die Gattin des Schweizer Bundesratsmitglieds für Äußere Angelegenheiten und Vorsitzende des Stiftungsvorstands von Schloß Vermont, eine äußerst energische Dame, vor der Hühnerauge einen Höllenrespekt hatte.

Nach einigen Minuten kam der Direktor zurück und erklärte seinen gespannten Kollegen feierlich: „Meine Damen und Herren, zur diesjährigen Weihnachtsfeier wird uns eine besondere Ehre zuteil: Der gesamte Stiftungsvorstand wird ebenso daran teilnehmen wie einige hohe, ja höchste Diplomaten. Ich brauche wohl nicht extra darauf hinzuweisen, was das für uns bedeutet: Wir müssen Hervorragendes leisten! Schließlich sind das die Leute, die über unser finanzielles Wohl und Wehe zu entscheiden haben."

Monsieur Lefebre meldete sich zu Wort. „Wäre das nicht eine gute Gelegenheit", fragte er, „die Entscheidung gegen Pierre noch einmal zu überdenken? Ein bißchen Nachsicht würde doch das Klima an unserer Schule erheblich verbessern und für die Schüler einen Ansporn bedeuten; schließlich sind sie es, die diese Feier vor allem gestalten!"

Der Direktor schlug ärgerlich mit der flachen Hand auf den Tisch. „Warum sind Sie nicht bereit, eine demokratisch gefällte Entscheidung zu akzeptieren, Herr Kollege?" fragte er scharf. „Im übrigen bin ich gänzlich anderer Meinung als Sie. Der Vorstand würde uns eine solche laxe Schülerführung sicher verübeln. Und die Kinder selbst werden die

Bestrafung des Schülers Benoît schon deshalb akzeptieren, weil sie vollkommen zurecht erfolgt. Junge Menschen haben ein ausgeprägtes Empfinden für Gerechtigkeit."

„Eben, eben", murmelte Monsieur Lefebre, aber Hühnerauge achtete nicht darauf.

„Es bleibt also bei unserem Beschluß", verkündete er. „Den betroffenen Schüler werde ich morgen davon in Kenntnis setzen und noch vor den Festtagen seine Mutter schriftlich informieren. Ich danke Ihnen allen für Ihre Mitwirkung. Die Sitzung ist geschlossen."

Christine und Jacques dachten gar nicht daran, den armen Jungen bis morgen schmoren zu lassen. „Wir sagen es ihm sofort", meinte Jacques.

„Genau", nickte Christine, „dann ist bis morgen vielleicht schon der schlimmste Schock vorbei, und heute können wir uns ja um ihn kümmern. Aber ich sag dir eins, das ist kein Pädagoge, das ist ein bürokratisches Ungeheuer! Fällt dir denn gar nichts ein, was wir tun könnten?"

Hilflos schüttelte Jacques den Kopf. „Was denn? Er ist der große Boß, und wir sind nur zwei kleine Erzieher, die noch nicht mal volles Stimmrecht haben. Ja, wenn man von allen Kollegen Rückendeckung bekäme ..."

Christine schnaubte nur verächtlich. „Das wirst du nie erleben. Komm, bringen wir es hinter uns!"

Pierre, Richard und Stefanie blickten voll nervöser Spannung auf, als die Erzieher das Fernsehzimmer betraten.

„Und?" fragte Richard ängstlich. Christine nickte nur betreten.

Pierre sagte gar nichts. Er schlug die Fäuste vor die Augen und fing an zu heulen.

„Wie bring ich das bloß unserer Mutter bei", murmelte Richard, „wie bring ich ihr das bloß bei!"

Stefanie überlegte verzweifelt, was sie Tröstliches sagen konnte. Aber ihr fiel nichts ein. Schließlich hielt sie es nicht mehr aus. Während die anderen versuchten, Pierre zu beruhigen, schlich sie leise aus dem Zimmer.

Später ging sie noch einmal zu Christine. „Wie geht's ihm?" fragte sie. Christine zuckte die Achseln. „Jacques kümmert sich um ihn. Aber er ist ziemlich von der Rolle. Es ist zum Wahnsinnigwerden!" Wütend trommelte sie mit den Fäusten auf den Tisch. „Was hat er denn schon gemacht? Ein bißchen den Direktor verarscht hat er, und dabei ist er ein paar Lehrern auf die Zehen getreten. Urkundenfälschung! Schädigung des Schulklimas! Der weiß doch gar nicht, was das ist!" Sie stieß einen langen, verwickelten Fluch aus. „Weihnachten ist mir jedenfalls schon jetzt verdorben, und seine blöde Feier, die kann sich der Corman an den Hut stecken! ‚Uns wird eine besondere Ehre zuteil. Der gesamte Stiftungsvorstand und höchste Diplomaten werden daran teilnehmen.' Daß ich nicht lache! Und gleichzeitig wird dieses Kind von der Schule geworfen, das nichts weiter gemacht hat als einen Streich – der obendrein auch noch einen ganz guten Grund hatte! Und weißt du, was das Schlimmste ist? Daß man hilflos ist, so absolut hilflos!"

Das empfand Stefanie genauso. Als sie im Bett lag, zermarterte sie sich das Gehirn, was sie tun könnte, um Pierre

5 10012-10

zu helfen. Irgendwas hatte Christine gesagt, irgendwas, was war es bloß gewesen ... Weihnachtsfeier ... Stiftungsvorstand! Genau! Langsam, ganz langsam begann ein Plan in Stefanie Gestalt anzunehmen, ein Plan, der vielleicht funktionieren könnte!

Ein genialer Plan

Es gab niemanden unter den Schülerinnen und Schülern von Schloß Vermont, der sich nicht wahnsinnig aufregte über den Rauswurf von Pierre. Doch der ganze Protest erschöpfte sich in wüsten Beschimpfungen des Direktors (natürlich nur, wenn er es nicht hörte). Niemand unternahm etwas, schon deshalb, weil niemand wußte, was man unternehmen könnte.

Bis auf Stefanie. Als erstes marschierte sie frühmorgens vor dem Unterricht zu Monsieur Lefebre. Sie hielt sich nicht lange mit Vorreden auf, sondern kam gleich zur Sache.

„Es geht um Pierre, Monsieur", erklärte sie. „Mal ehrlich und ohne Rumrederei: Ist was zu machen?"

Monsieur Lefebre zögerte. „Ich weiß nicht recht ... Im Moment sicher nichts, vielleicht später, obwohl ..."

„Monsieur!" mahnte Stefanie. „Jetzt reden Sie ja doch um den heißen Brei rum! Ja oder nein?"

Der Lehrer sah sie unentschlossen an. Schließlich nickte er. „Okay, Stefanie. Vielleicht ist es ein Fehler, mit dir darüber zu sprechen, aber ich tu's trotzdem. Ja, ich hab was vor, was vielleicht Erfolg haben könnte. Vielleicht. Aber wenn du das an irgend jemand weitertratschst, sind wir geschiedene Leute, klar? Pierre darf kein Wort davon erfahren, sonst macht er sich bloß falsche Hoffnungen, und wenn Monsieur

Corman die Sache vorzeitig spitzkriegt, ist die Pleite programmiert! Also, absolutes Stillschweigen!"

„Ich versprech's!" sagte Stefanie einfach.

„Gut. Ich habe vor, beim Stiftungsvorstand eine schriftliche Eingabe zu machen, in der ich darum bitte, den Fall noch mal zu überprüfen. Nach der Weihnachtsfeier, weißt du, wenn alle total happy sind über die tolle Schule. Dann sind die Herzen weich wie zimmerwarme Butter. Und wenn Madame Perrier dem Direktor nahelegt, Milde walten zu lassen, dann läßt er Milde walten. Das könnte für Pierre die Rettung sein."

„Nicht schlecht", meinte Stefanie anerkennend. „Aber ... bei Monsieur Corman sind Sie dann für alle Zeiten erledigt, oder?"

Monsieur Lefebre verzog sein rundes Gesicht zu einer grimmigen Maske. „Sehr sympathisch bin ich ihm, glaub ich, nie gewesen. Doch du hast recht: Wenn ich das mache, dann bin ich unten durch. Für alle Zeiten."

„Aha", sagte Stefanie. „Noch eine Frage: Als Soforthilfemaßnahme läßt sich das nicht durchführen, was Sie da vorhaben? Ich meine, damit Richards und Pierres Mutter gar nicht erst was erfahren muß von dem ganzen Mist? Damit Pierre nicht noch länger schmoren muß oder vielleicht schon vor Weihnachten nach Haus geschickt wird?"

Monsieur Lefebre schüttelte energisch den Kopf. „Nein, Steffi, vorher geht nichts. Bei den Vorstandssitzungen ist immer nur der Direktor anwesend; ich kenne Madame Perrier und den restlichen Vorstand nur vom small talk bei zwei, drei Anlässen, und die haben mein Gesicht vielleicht längst vergessen ..."

„Oh, es ist ziemlich schwer, Ihr Gesicht zu vergessen“, unterbrach Stefanie freundlich.

„Danke – falls das als Kompliment gemeint war. Aber im Ernst: Ich brauche eine günstige Gelegenheit, verstehst du? Eine, wo es ein bißchen menschelt.“

„Ja, ich verstehe. Das war eigentlich schon alles, Monsieur, was ich wissen wollte.“ Stefanie machte Anstalten zu gehen, aber der Lehrer faßte sie am Handgelenk und hielt sie zurück.

„Steffi, schau mir in die Augen, Kleines! Du brütest doch was aus, irgendein ganz dickes Ei!“

„Nein, nein, nichts Bestimmtes ... Ich hab nur ’n bißchen nachgedacht ...“

„Steffi, bitte, was immer du auch vorhast, vermeide, die Sache noch schlimmer zu machen. Bitte!“

„Keine Sorge, Monsieur! Aber ich muß jetzt wirklich gehen. Und vielen Dank, daß Sie mich ins Vertrauen gezogen haben!“

„So eine Unverschämtheit!“ Monsieur Lefebre mußte lachen. „Bedankt sich für mein Vertrauen und schenkt mir selbst doch kein Fünkchen davon!“

„Abwarten“, sagte Stefanie. „Übermorgen ist doch Theaterprobe, nicht?“ Dann winkte sie noch einmal und verschwand.

Kurz bevor die Probe begann, stellte Stefanie fest, daß Richard fehlte. „Fangen Sie noch nicht an“, bat sie Monsieur Lefebre, der gerade den Probenraum betrat, „eine der Säulen der Vermonter Bühnen fehlt noch. Ich bin gleich wieder da.“

Im Eiltempo rannte sie ins Internat und riß Richards Zimmertür auf, ohne anzuklopfen. Die Jungen hockten auf ihren Betten und bliesen Trübsal.

„Richard, wo bleibst du denn?"

„Wie, wo bleibst du denn?"

„Wir haben Probe."

„Ach so. Hab ich total vergessen."

„Deshalb hab ich dich erinnert. Kommst du?"

„Nee. Keinen Bock."

„Richard, bitte. Damit wird doch auch nichts besser."

Einen Moment lang bekamen seine Augen wieder den feindseligen Ausdruck. „Was mischst du dich überhaupt ein? Laß uns doch in Ruhe!" Aber gleich darauf entschuldigte er sich. „Tut mir leid, war nicht so gemeint. Aber ich hab echt keinen Geist zum Theaterspielen. Soll das dämliche Hühnerauge doch seine Weihnachtsfeier selber machen!"

„Richard!" drängte Stefanie. „Der Gedanke ist ja richtig. Aber du hast ihn nicht zu Ende gedacht! Komm jetzt! Ich brauch dich, ich brauch euch alle. Sonst funktioniert es nicht."

„Was funktioniert nicht?"

„Wirst du schon sehen! Los jetzt, mach dich hoch!"

Widerstrebend kam er mit.

Monsieur Lefebre wartete schon ungeduldig. „Na, endlich! Wir haben 'ne Menge vor heute. In einer Stunde haben wir Hauptprobe in der Aula, jetzt beginnen wir mit ..."

„Können Sie sich bitte noch etwas gedulden, Monsieur?"

„Was ist denn jetzt noch, Stefanie?"

„Es ist wirklich wahnsinnig wichtig!"

„Also gut, in Gottes Namen. Aber sieh zu, daß du fertig wirst!"

„Danke! Ach, übrigens – als Lehrer sollten Sie jetzt besser weghören; als Schauspieler und Regisseur dürfen Sie mit einem Ohr lauschen – von wegen Vertrauen!" Stefanie blinzelte dem Lehrer zu und baute sich dann vor der neugierig gewordenen Gruppe auf.

„Ich wollte mit euch was besprechen. Es geht um die Weihnachtsfeier. Nee, eigentlich geht's um Pierre. Also, ich erklär's euch. Zu unserer Feier haben sich jede Menge Promis angesagt, Stiftungsvorstand, UNO-Diplomaten und so. Die Crème de la Crème. Und Hühnerauge hat bestimmt einen Wahnsinnsbammel, daß irgendwas schiefläuft. Daß wir uns total danebenbenehmen. Daß die Vorführungen in die Hose gehen und so weiter. Und da hab ich mir gedacht, wenn wir ihm drohen, daß wir die Feier boykottieren, daß wir alles in den Sand setzen, daß wir ihm die größte Blamage seines Lebens verpassen, dann wird er vielleicht ..."

Stefanie konnte nicht zu Ende reden. Applaus, Trommeln und Stampfen unterbrachen sie.

Abwehrend hob sie die Hände. „Prima, daß ihr einverstanden seid. Aber ich bin noch nicht ganz fertig. Es reicht nicht, wenn bloß die Theatergruppe mitmacht. Alle, wirklich alle, die bei der Feier dabei sind, müssen mitmachen. Mit der Breakdance-Gruppe, mit den Typen, die die Modenschau veranstalten wollten, mit der Bigband und all den anderen. Jeder kann ein paar von ihnen übernehmen. Bei strengster Geheimhaltung natürlich. Wenn alle bis auf die üblichen paar Idioten mitmachen, könnte es klappen!"

Die ganze Gruppe war restlos begeistert, es gab nicht einen, der gegen Stefanies Plan war. Während sie noch über Einzelheiten diskutierten, wurden sie plötzlich von einer lauten Stimme unterbrochen: „Darf ich auch mal was sagen?"

„Ach herrje!" rief Stefanie. „Wir haben Sie anscheinend ganz vergessen. Klar darf er was sagen, oder?"

Selbstverständlich hatte niemand was dagegen.

„Als Lehrer hab ich natürlich keinen Ton gehört", bekräftigte Monsieur Lefebre. „Als Schauspieler und Regisseur allerdings würde ich euch gern ein paar gute Ratschläge geben. Also erstens: Wenn ihr dem Direktor mit wilden Drohungen kommt, erreicht ihr gar nichts. Dann muß er nämlich stur bleiben, schon um sein Gesicht nicht zu verlieren. Das versteh ich sogar. Sonst könnte er den Laden hier nämlich dichtmachen."

„Soll das heißen", rief Stefanie enttäuscht, „daß Sie den ganzen Plan für Murks halten?"

„Als Lehrer würde ich ihn total ablehnen, aber, wie schon gesagt, als Lehrer hab ich ja überhaupt nichts gehört. Als Regisseur und Schauspieler hingegen finde ich die Idee nicht schlecht, empfehle euch aber, nicht zu drohen, sondern höchst diplomatisch vorzugehen. Schließlich sind wir hier in Genf! Und nun zu meinem zweiten Ratschlag. Das, was ihr vorhabt, kann wirklich nur funktionieren, wenn nahezu alle mitmachen. Der Eindruck muß entstehen, daß die komplette Schülerschaft hinter der Sache steht. Wenn sich da irgendwelche Rädelsführer rauskristallisieren, denen man die Schuld zuschieben kann, dann geht's schief, dann werden die anderen weichgekocht."

„Aber wie läßt sich denn das vermeiden?“ fragte Richard. „Irgendeiner von uns muß ihm die Sache doch beibiegen!“

„Darauf wollte ich gerade kommen. Wenn ihr einverstanden seid, geh ich zu ihm und verklicker ihm, was ich so ganz beiläufig von den Schüler gehört habe: daß die Weihnachtsfeier boykottiert werden soll.“

Alle fanden das großartig, nur Stefanie war dagegen. „Echt super von Ihnen“, sagte sie, „aber wenn ausgerechnet Sie ihm das mitteilen, dann denkt er sofort, Sie haben uns angestiftet, auch wenn Sie ihm noch so oft das Gegenteil erzählen. Denken Sie dran, Sie müssen es hier noch lange aushalten! Ja, wenn wir die Fourchette dazu bringen könnten, zum Beispiel ...“

„Vergiß es!“ lachte Monsieur Lefebre. „Aber du hast recht, ich kann mir das wahrscheinlich wirklich nicht leisten.“

„Aber was dann?“

„Dann“, sagte Monsieur Lefebre und grinste über beide Backen, „dann hilft nur noch eins: ein gelber Zettel!“

Am übernächsten Tag um sieben Uhr in der Früh fand Hühnerauge am Schwarzen Brett neben dem Sekretariat einen leuchtendgelben Papierbogen mit folgender Aufschrift in sauberen Druckbuchstaben:

Offener Brief an den Direktor der Vermont-Stiftung, M. Elmar Corman

Sehr verehrter Monsieur Corman,

wie Sie ja wissen, steht unsere Weihnachtsfeier unmittelbar bevor, die einer der Höhepunkte des Schuljahres ist. Wir alle haben uns bisher schon sehr darauf gefreut, zumal wir diesmal so hohen Besuch erwarten dürfen.

Leider soll nun aber einer der Mitwirkenden, der Schüler Pierre Benoit, von der Schule verwiesen werden und kann deshalb an der Feier nicht teilnehmen.

Wir, die Unterzeichneten, halten es deshalb für besser, die Weihnachtsfeier in diesem Jahr ausfallen zu lassen. Denn wir alle hätten keine Freude mehr an ihr und könnten uns überhaupt nicht konzentrieren, weil wir ständig daran denken müßten, was unserem bedauernswerten Mitschüler vorenthalten bleibt. Stellen Sie sich vor, zu was für peinlichen Pannen das führen könnte, und das angesichts unserer hohen Gäste! Nein, dieses Risiko ist uns zu groß. Wir müssen deshalb alle unsere Teilnahme absagen.

Wenn Sie eine Lösung für unser Problem fänden, wären wir Ihnen außerordentlich dankbar. Für diesen Fall würden wir Ihnen versprechen, daß Sie und unsere Gäste eine unvergeßliche Feier erleben!

Mit freundlichen Grüßen

Es folgten, feinsäuberlich numeriert, die Namen von hundertunddreizehn Schülern.

Monsieur Corman riß das Papier von der Tafel, stürmte in sein Büro, ließ sich in einen Sessel fallen und griff zu der Dose mit den Magentabletten.

„Das ist ungeheuerlich“, keuchte er, während er sich zwei Pillen in den Mund schob, „so weit ist es also gekommen! Die Schüler versuchen den Schulleiter zu erpressen! O tempora, o mores!“

Fassungslos lehnte er sich zurück und begann, einen

Trommelwirbel auf die Schreibtischplatte zu klopfen.

Der Bursche fliegt raus! dachte er. Jetzt gerade! Und die Feier sage ich ab. Ohne mit der Wimper zu zucken, sage ich sie ab!

Tatsächlich blieben seine Wimpern ohne auffällige Bewegung, wohl aber begann seine Nase heftig zu zucken. Denn er sah die energische Madame Perrier vor sich, während er ihr mitteilte, daß aus ihrem Besuch leider nichts werden könne. Ihren Gesichtsausdruck, wenn sie ihn nach den Gründen fragte. Sie würde denken, daß er die Schule nicht im Griff hätte, daß er als Pädagoge versagt hätte und weiß der Himmel, was noch!

Die Finger trommelten, und die Nase zuckte heftiger.

Aber was gab es sonst für eine Lösung? Monsieur Corman überlegte fieberhaft. Es war erst sieben. Von den Kollegen hatte den dreisten Brief sicher noch niemand gesehen ... Vielleicht ... Ja, das könnte die Lösung sein!

Am Nachmittag desselben Tages fand eine eilends einberufene Konferenz statt.

„Meine Damen und Herren", begann der Direktor ohne Umschweife, „ich habe nachgedacht."

Alle schwiegen erwartungsvoll.

„Wir haben neulich mehrheitlich einen Beschluß gefaßt, wonach der Schüler Pierre Benoît aus der vierten Klasse von der Schule verwiesen werden soll. Ich habe darüber nachgedacht, ob nicht der eine oder andere von uns, ja, ich gebe zu, vielleicht sogar ich selbst, etwas – äh – hart in seinem Urteil über die Schwere der begangenen Verstöße gewesen ist. Sehen Sie, der betreffende Schüler ist – äh – ja noch sehr jung und unreif, und, wie ich gehört habe, würde seine – äh – Mutter die Relegierung von Schule und Internat – äh – sehr schwernehmen. Sehen Sie, wahre Erziehung bedeutet doch vor allem – äh – Hilfe, auch in schwierigen Situationen. Ich möchte Sie – äh – deshalb herzlich bitten, den Fall – äh – noch einmal zu diskutieren und – äh – gegebenenfalls zu einer neuen, milderen Entscheidung zu gelangen." Monsieur Corman wischte sich den Schweiß von der Stirn und versuchte, das heftige Zucken seiner Nase zu unterdrücken.

Sobald sie merkten, daß er fertig war, meldeten sich Monsieur Meunier und die Fourchette empört zu Wort, aber Monsieur Lefebre war schneller. Er sprang auf und sagte laut: „Monsieur, ich möchte Ihnen danken, und ich glaube, alle Mitglieder des Kollegiums möchten sich diesem Dank anschließen. Sie haben uns eben ein großartiges Beispiel für wahre Großzügigkeit und wahre Liberalität geliefert. Der ist ein wirklich guter Lehrer, der auch einmal zugeben kann, daß er sich geirrt hat! Nochmals, Monsieur, ich danke Ihnen von ganzem Herzen! Liebe Kolleginnen und Kollegen, Monsieur Corman hat die Sachlage so klar dargestellt, daß ich vorschlage, wir schreiten gleich zur Abstimmung!"

Zehn Sekunden später war alles vorbei. Die, die schon immer für Pierre gestimmt hatten, stimmten auch jetzt für ihn, dazu kam Monsieur Corman; die Gabel und Monsieur Meunier blieben bei ihrer Meinung, aber die, die immer sagten, was der Chef sagte, ließen sich auch diesmal überzeugen und schlossen sich Monsieur Cormans Votum an. Damit war klar: Der kleine Pierre durfte an der Schule bleiben.

Stefanie würde nie vergessen, wie Richard ihr die freudige Mitteilung machte. Sie hatte sich gerade mit Alexandra und Carlotta zum Abendessen niedergelassen, als er zu ihrem Tisch gerannt kam. Ohne sich um die anderen zu kümmern, umarmte er sie und sagte: „Er darf bleiben! Das haben wir bloß dir zu verdanken! Steffi, du warst einfach superspitzenmäßig!" Dann ließ er sie los, zögerte einen Augenblick und fügte dann hinzu: „Und ich war ein Riesenidiot!"

„Na ja, Selbsterkenntnis und so weiter", meinte Alexandra und erkundigte sich: „Was macht eigentlich unser Schwerverbrecher?"

„Der sitzt oben im Zimmer und flennt." Richard grinste. „Langsam wird das zur Gewohnheit bei ihm."

„Darüber würde ich mir keine Sorgen machen", sagte Stefanie. „Solange er heult, kann er wenigstens sonst nichts anstellen."

Es wurde ein sehr vergnügtes Abendessen, und am Schluß, als sich alle den wie üblich wunderbaren Nachtisch von Monsieur Lützelin schmecken ließen, beugte sich Carlotta zu Stefanie und flüsterte: „Na? Gibt's jetzt wieder ein Traumpaar Nr. 2?"

Stefanie schüttelte energisch den Kopf. Das war vorbei. Händchenhalten und Spaziergänge im Mondschein, das konnte man nicht einfach wieder aufwärmen. Aber 'ne richtige Freundschaft war schließlich auch was wert.

Seit langer Zeit fühlte sich Steffi mal wieder rundherum zufrieden. So zufrieden, daß sie Lust bekam, jemand andern an ihrer guten Stimmung teilhaben zu lassen. Deshalb beschloß sie, nach dem Essen Madame Bodmer zu besuchen.

An den Tischen, an denen die Senioren saßen, blickte sie sich suchend um. Komisch, sie war gar nicht da. Sie ließ sich doch sonst keine von den Mahlzeiten des schönen Jean entgehen. Ob sie vielleicht mal wieder nach Genf gefahren war? Na, das ließ sich ja leicht feststellen.

Sie ging durch den Allwettergang, der Schloß und Seniorenheim verband, blieb vor Madame Bodmers Appartement stehen und klopfte. Nichts. Sie klopfte noch einmal. Jetzt näherten sich schnelle, energische Schritte. Das konnte nicht Madame Bodmer sein!

Die Tür öffnete sich, und eine mittelgroße, kräftige Frau mit grauen Haaren kam heraus, Madame Charpentier, die Betreuerin der Senioren. „Ach, du bist es!"

„Was ist? Ist was passiert?" fragte Stefanie erschrocken.

„Das kann man wohl sagen", Madame Charpentiers Stimme klang bekümmert.

„Sagen Sie doch schon, was los ist!" drängte Stefanie.

„Vorgestern ist sie wieder gestürzt. Sie muß sich unbedingt operieren lassen, wenn sie nicht den Rest ihrer Tage im Rollstuhl verbringen will. Sie braucht dringend ein zweites künstliches Hüftgelenk."

Stefanie nickte. „Ja, das hat sie schon lang befürchtet."

Madame Charpentier schwieg.

„Mon Dieu, ist noch mehr?"

„Sie ist gründlich untersucht worden. Wie gesagt, die Operation ist nötig, und zwar sofort. Trotzdem hat der Arzt ihr dringend davon abgeraten. Sie hat ein schwaches Herz, und die Gefahr ist zu groß, daß sie aus der Narkose nicht mehr aufwacht."

Stefanie starrte die Betreuerin entsetzt an. Rollstuhl oder eine Operation, bei der sie vielleicht – oder wahrscheinlich – sterben würde! Obwohl sich alles in ihr dagegen sträubte, obwohl sie große Angst hatte, in das Zimmer zu gehen und das Schreckliche noch einmal zu hören, von der, die es betraf, sagte Stefanie: „Ich muß sofort zu ihr!"

„Ja, geh nur. Wenn du kommst, wird sie sich bestimmt freuen."

Leise betrat Stefanie das kleine Schlafzimmer. Madame Bodmer lag im Bett, ein paar dicke Kissen unter dem Kopf. Sie war ein wenig blaß, aber das vertraute Lächeln lag auf ihrem Gesicht.

„Schön, daß du kommst, Steffi! Marzipan hab ich heut leider keins, aber nebenan in der Vitrine liegt eine vorzügliche Schweizer Schokolade. Holst du die bitte?"

Stefanie wollte erst ablehnen, aber dann dachte sie sich, daß sie der alten Frau mit Trauerstimmung und Leichenbittermiene sicher am wenigsten helfen würde. „Aber nur, wenn Sie auch ein Stück mitessen", sagte sie deshalb.

„Was glaubst du, warum ich dich gebeten habe, sie herzuholen?" Die alte Frau richtete sich mühsam ein wenig auf. „Hast du jemals erlebt, daß ich eine Süßigkeit abgelehnt hätte?"

Stefanie ging ins Wohnzimmer, brach die Schokoladentafel in Stückchen und legte sie auf einen Porzellanteller. Dann kam sie zurück, stellte den Teller auf das Nachttischchen und setzte sich auf die Bettkante.

„Sie scheinen ja ein paar besch..., also ziemlich miese Tage hinter sich zu haben", meinte sie dann leichthin.

„Ziemlich mies. Beschissen wolltest du sagen, nicht wahr?

Ich glaube, das trifft es besser! Ich nehme an, Madame Charpentier hat dir schon alles erzählt?“

Stefanie nickte wortlos. Was hätte sie auch sagen sollen?

Plötzlich fiel alle Munterkeit vom Gesicht der alten Frau ab. Sie ließ sich in die Kissen zurücksinken und sagte leise: „An die Schmerzen hab ich mich allmählich gewöhnt. Aber den ganzen Tag im Rollstuhl sitzen und auf jemand anders angewiesen zu sein – ich glaube, daran könnte ich mich nie gewöhnen. Stell dir vor, nach Genf müßte ich mich mit einem Spezialauto kutschieren lassen, mit Hydraulik, denn wer kann mich schon heben! Durch den Park könnte ich nur noch in meinem Stuhl rollen, wenn ich auf die Toilette will, müßte ich jemanden belästigen. Nein, Steffi, das wäre schrecklich für mich. Deswegen würde ich mir mit dem größten Vergnügen ein Stück Stahl oder Plexiglas einpflanzen lassen, wenn ich nur weiter für mich selber sorgen könnte. Eins von den Dingern hab ich sowieso schon in meinem Körper, und es stört mich kein bißchen. Aber das Risiko, nicht mehr aufzuwachen ... Abends ein spannendes Buch anzufangen und zu wissen, daß man vielleicht nie mehr erfährt, wie es ausgeht; zu sehen, wie es hell wird und die Sonne ins Zimmer scheint, mit dem Gefühl, daß dann nur noch Nacht sein wird – es fällt mir wirklich schwer, mich zu entscheiden ...

Bedrückt nahm Steffi die Hand der alten Dame und streichelte sie. „Vielleicht, wenn Sie noch ein bißchen warten?“

Madame Bodmer schüttelte den Kopf. „Es wird nicht besser, höchstens schlechter. Aber laß uns jetzt damit aufhören. Probleme werden nicht dadurch gelöst, daß man stundenlang jammert. Erzähl mir lieber, was es Neues gibt! Fliegt der kleine Pierre jetzt wirklich von der Schule?"

Stefanie war froh über die Ablenkung, und zu erzählen gab es ja genug.

Sie berichtete von dem Streik, den sie organisiert hatte, von dem glücklichen Ausgang, den das Ganze genommen hatte, und von all den anderen kleinen Ereignissen, von denen sie glaubte, daß sie interessant sein könnten. Madame Bodmer hörte so aufmerksam zu, als ob es sonst nichts gäbe, was sie beschäftigte.

Schließlich aber wußte Steffi nichts mehr, und sie schwieg. Immer noch hielt sie die Hand der alten Frau. Wie konnte sie ihr nur helfen? Zahllose Bilder schossen ihr durch den Kopf. Bilder von ihrem Vater, wie er in seiner primitiven Krankenstation Dienst tat, mit Hunderten von Patienten, mit der Hoffnung, wenigstens einige von ihnen retten zu können. Wie er irgendwo saß, müde und angespannt, und ihr schrieb, daß er Weihnachten nicht nach Hause könne, weil es sonst für viele Menschen überhaupt keine Hoffnung mehr gab. Bilder von Madame Bodmer im Rollstuhl, ohne Aussicht, daß sich ihr Zustand jemals bessern würde, ohne Hoffnung, alt und müde, kein fröhliches Lächeln mehr im Gesicht, nur noch wartend auf den Tod. Hoffnung, man brauchte Hoffnung!

„Madame Bodmer", sagte sie leise, „ich glaube, Sie sollten sich operieren lassen."

Die alte Frau sah sie liebevoll an. „Du hast Mut, Mädchen, du hast wirklich Mut. Ich glaube, so einen Rat zu geben, ist noch schwerer, als gegen einen Schuldirektor aufzubegehren. Vielleicht sollte ich mir an deinem Mut ein Beispiel nehmen."

Sie fuhr sich mit der Hand durch das Haar, und plötzlich war das alte Lächeln wieder in ihrem Gesicht. „Jetzt schick ich dich aber fort", sagte sie, „ich werde nämlich müde, und mein Schnarchen, das kann ich wirklich keinem Menschen zumuten!"

Als Stefanie das Appartement verließ, sah sie aus den Augenwinkeln, daß die Nachbartür einen Spalt offenstand, und es schien ihr, als ob sie einen grauen Haarschopf dahinter bemerkt hätte. Als sie aber genauer hinschaute, war die Tür zu.

Achselzuckend verließ sie das Haus; vielleicht hatte sie sich getäuscht, war ja auch egal. Ihr ging etwas anderes durch den Kopf, während sie in ihr Zimmer ging, den ganzen Abend, und auch noch lange, als sie im Bett lag: Hatte man das Recht, einem Menschen einen solchen Rat zu geben?

Am nächsten Abend brachte ihr Madame Charpentier einen Brief. *Dein Rat war gut, und ich habe mich zur Operation entschlossen*, hatte Madame Bodmer in ihrer schwungvollen Kringelschrift geschrieben. *Mit Hilfe meines Arztes habe ich auch gleich ein Bett in der orthopädischen Klinik in Genf bekommen. In ein paar Tagen ist es vielleicht schon soweit. Aus unserem gemeinsamen Weihnachtsabend wird also nichts. Das tut mir sehr leid, glaub mir! Besuchst Du mich mal, wenn Du Zeit hast?*

Und noch etwas hatte Madame Bodmer geschrieben: *Falls etwas schiefgehen sollte, mach Dir bitte keine Vorwürfe. Jeder Mensch ist für sich selbst verantwortlich; Dein Rat hat mir nur geholfen, aber den Entschluß habe ich selber gefaßt.*

Trotzdem hatte Stefanie das Gefühl, mehr Verantwortung übernommen zu haben, als sie eigentlich konnte.

Aber es war klar, daß sie schon am folgenden Tag – mit Sondererlaubnis vom Hühnerauge – in die Klinik fuhr, es war klar, daß sie ein Riesenpäckchen Pralinen mitbrachte, und klar war auch, daß sie wie wahnsinnig hoffte, daß alles gutgehen würde.

Der Beginn einer Freundschaft

Die Weihnachtsfeier wurde ein Bombenerfolg. Alle Mitwirkenden gaben sich die größte Mühe, und Monsieur Corman strahlte den ganzen Nachmittag wie ein Halogenscheinwerfer. Und als am Schluß der Veranstaltung Madame Perrier aufstand und den Direktor zu seiner außergewöhnlichen Schule beglückwünschte, bemerkte wahrscheinlich nur Stefanie, daß Monsieur Lefebre verstohlen in seinen Bart hineinkicherte.

Die Zeugnisausgabe drei Tage danach war für etliche nicht ganz so erfreulich. Carlotta, Richard und Stefanie konnten zufrieden sein; Stefanie hatte in Englisch sogar eine glatte Sieben, was sie ziemlich komisch fand: Sie hatte sich immer noch nicht daran gewöhnt, daß es hier sieben Noten gab, die außerdem andersherum gezählt wurden. Eine Sieben in Englisch! In ihrer alten Klasse hätten sie sich totgelacht darüber.

Alexandras Zeugnis war eine mittlere Katastrophe, aber sie nahm es nicht weiter tragisch. „Des war in Plochinge au scho so“, meinte sie nur, als Stefanie sie trösten wollte.

Am schlimmsten aber hatte es Meryl erwischt. Ohne eins von seinen üblichen Witzchen zu machen, hatte ihr Monsieur Lefebre nachdrücklich empfohlen, nach den Ferien in die vierte Klasse zurückzugehen. „Du hast keine reelle Chance mehr, es zu schaffen“, hatte er gemeint. „Also geh lieber jetzt zurück, dann hast du im neuen Schuljahr keine Probleme mehr!"

Das muß ein harter Schlag für sie sein, dachte Stefanie mitleidig. Der Pummelpunk, der aussah wie siebzehn, bei den Zwergen in der Vierten!

Sie hätte ihr gern was Nettes gesagt, aber sie brachte es nicht über sich. Denn noch immer hatte sich das Verhältnis zwischen Meryl und ihr kein bißchen gebessert. Vielleicht, dachte sich Stefanie deshalb, ist es ganz gut, wenn wir im neuen Jahr nicht mehr in dieselbe Klasse gehen.

Allzu lange zerbrach sie sich ohnehin nicht den Kopf über Meryls Situation, ja, nicht einmal über die traurigen Weihnachtstage in Vermont, die ihr bevorstanden, dachte sie nach. Denn der Tag, an dem die Zeugnisse ausgegeben wurden, war auch der Tag, an dem Madame Bodmer operiert werden sollte.

Am Vormittag in der Schule und später in ihrem Zimmer saß sie wie auf glühenden Kohlen. Als Madame Charpentier nachmittags um fünf endlich Nachricht brachte, bestätigten sich Stefanies schlimmste Befürchtungen.

„Es geht ihr sehr schlecht", berichtete die Altenpflegerin. „Die Operation selbst war überhaupt kein Problem, ist ja auch reine Routine, aber ihr schwaches Herz ... Sie liegt jetzt auf der Intensivstation."

„Ich muß zu ihr, ich muß unbedingt zu ihr!" rief Stefanie.

„Das brauchst du im Moment wirklich nicht", versuchte Madame Charpentier sie zu beschwichtigen, „sie würde dich ohnehin nicht erkennen, sie ist immer noch ohne Bewußtsein!"

Aber Stefanie hörte nicht einmal hin, sondern rannte aus dem Zimmer. „Christine, Christine!" rief sie schon im Gang so laut, daß die junge Erzieherin erstaunt aus ihrem Zimmer heraustrat.

„Was ist denn los, um Gottes willen?"

„Du mußt mich schnell nach Genf fahren, in die orthopädische Klinik", stieß Stefanie hervor, „Madame Bodmer ... sie stirbt vielleicht. Und ich bin schuld dran!"

Christine warf nur einen schnellen Blick in ihr Gesicht, dann sagte sie: „Okay. Hol deinen Mantel und geh schon zum Parkplatz. Ich komme sofort nach."

Zehn Minuten später sausten sie durch die Dunkelheit nach Genf.

„Mach das Licht an und hol den Stadtplan aus dem Handschuhfach", befahl Christine. „Schau nach, wo die Klinik liegt!" Sie ließ Stefanie eine Zeitlang suchen und fragte dann unvermittelt: „Wieso bist du eigentlich schuld, wenn deine alte Freundin stirbt?"

„Ich ... ich hab ihr doch geraten, sich operieren zu lassen!"

Christine setzte an, um etwas zu sagen, aber dann ließ sie es sein. Für beruhigendes Gerede war Steffi jetzt wohl nicht empfänglich. Statt dessen drückte sie noch ein bißchen mehr aufs Gas.

Die Klinik lag nicht weit vom Gebäude der Vereinten Nationen entfernt, und sie hatten sie schnell gefunden. Im Laufschritt eilten sie vom Parkplatz zur Rezeption.

„Madame Bodmer", sagte Christine atemlos zum Portier, „Valérie Bodmer."

Ein kurzer Blick auf einen Computerausdruck, dann die

Auskunft: „Intensivstation, zweiter Stock, links durch den langen Gang und dann noch mal links, Nr. 7!"

Die beiden eilten weiter, nahmen sich nicht die Zeit, auf den Lift zu warten, rannten die Treppen hoch. Erster Stock, zweiter Stock, durch den Gang links, wieder links. Eine Anzahl von gläsernen Kabinen, die den Blick auf komplizierte Maschinen und Instrumente freigaben, auf hochstehende Betten, in denen hinter Tropfs und Schläuchen undeutlich menschliche Gesichter zu erkennen waren.

„Zu wem möchten Sie bitte?" Eine Schwester kam auf sie zu.

„Zu Madame Bodmer", rief Stefanie, „schnell!"

Die Schwester sah Christine an. „Sind Sie Verwandte von ihr?"

„Nein, das nicht, aber ..."

„Tut mir leid, aber dann können Sie nicht hinein, solange die Patientin so schwach ist. Normalerweise dürfen das nur Angehörige."

„Aber ich muß zu ihr!" Stefanie war außer sich. „Sie ist meine Freundin! Sie hat doch sonst niemanden!"

Die Schwester verlor ihren strengen Gesichtsausdruck und lächelte. „Na wenn das so ist ... Ich frage den Arzt. Einen Moment bitte."

Kurze Zeit später kam sie mit einem jungen Arzt zurück. Komisch, er hatte gar kein bekümmertes „Alles-unverändert"-Gesicht, er strahlte richtig. Stefanie registrierte es, aber sie nahm es nicht richtig wahr.

„Wie geht es ihr?" fragte sie hastig. „Muß sie ..."

„Muß sie nicht", unterbrach der Arzt sie. „Vor einer guten

Stunde ist sie aufgewacht. Eine reizende Person. Kaum war sie wieder bei sich, da sagte sie schon, ich sollte mich jetzt ruhig um die andern kümmern, sie käme schon zurecht." Er warf einen Blick auf seine Uhr. „Also fünf Minuten, meine Damen, aber nicht länger!"

Als sie auf die Kabine sieben zugingen, rief er ihnen noch hinterher: „Übrigens – sie hat schon Besuch!"

„Sie hat schon Besuch?" murmelte Stefanie. „Wer soll das sein?"

Aber da standen sie auch schon am Bett. Madame Bodmer lag darin, leichenblaß, ein Schlauch kam aus ihrer Nase, je einer hing von ihren beiden Armen, einer ragte unter der Bettdecke hervor. Und neben ihr auf einem Hocker saß, mit wirrem grauem Haarschopf, das stählerne Brillengestell auf der Nase und die mürrische Miene zum sanftmütigsten Superfeiertagslächeln verzogen – Monsieur Leroux.

„Salut, Madame Bodmer", stammelte Stefanie, „wir sind so schnell gekommen, daß wir nicht mal was mitgebracht haben!"

„Was, keine Pralinen?" erwiderte Madame Bodmer mit schwacher Stimme. „Na, ausnahmsweise will ich großzügig sein: Ihr dürft bleiben." Sie schwieg einen Moment. „Ich bin noch ein bißchen schwach auf der Brust", fuhr sie dann fort. „Dein Rat war gut, Stefanie. Jetzt ist es nur noch eine Frage der Zeit, und wir rennen um die Wette!"

Plötzlich liefen Stefanie die Tränen runter. „Ich bin so froh, daß alles gutgegangen ist, Madame", flüsterte sie. Dann beugte sie sich zu dem blassen, runzligen Gesicht herunter und küßte die alte Frau auf die Wange.

An der Scheibe klopfte es mahnend; draußen stand der Arzt und winkte.

„Ich komme bald wieder!" Als sie noch einmal zurückblickte, sah sie, wie sich Monsieur Leroux von seinem Hocker erhob, sich vorsichtig umschaute und dann Madame Bodmer einen unbeholfenen Kuß auf die Stirn drückte.

„Hast du das gesehen?" fragte sie Christine, „‚Traumpaar Nr. 2', würde Carlotta sagen!" Sie fühlte sich so erleichtert, so unendlich erleichtert!

Draußen auf dem Parkplatz sagte sie zu Christine: „Danke, daß du mich gefahren hast. War einfach wahnsinnig nett von dir!" Sie nahm die junge Erzieherin in die Arme und schwenkte sie herum, bis sie nicht mehr konnte. „Sie hat es geschafft, sie hat es geschafft!"

„Okay", sagte Christine, als sie wieder zu Atem gekommen war, „du hast heute Ausgang, ich nehm's auf meine Kappe. Pizza in der besten Pizzeria der Stadt. Findest du, das wär dem Anlaß angemessen?"

Klar fand Stefanie das.

Tja, und dann kam der letzte Schultag vor Weihnachten. Nach und nach verschwanden alle Internatsbewohner, wurden von ihren Eltern abgeholt, fuhren zum Bahnhof oder zum Flughafen. Nur Tom, Meryl und Stefanie blieben in Vermont – und Christine, und das war wenigstens ein Trost.

Mittags hatte Stefanie ein riesiges Paket von Papa bekommen, voller Geschenke, weiß der Teufel, wie er die in Ruanda aufgetrieben hatte, und dazu einen langen, langen Brief. Darin stand das allerschönste Geschenk. *Jetzt ist es endgültig*, hatte ihr Vater nämlich geschrieben, *vor Ostern wird meine Einheit abgelöst, und ich komme nach Deutschland zurück. Dann machen wir erst mal richtig Urlaub. Mindestens zwei Wochen. Und wenn du bloß eine Woche Ferien hast, dann schwänzt du den Rest eben!*

Stefanie hatte einen Luftsprung bis zur Decke gemacht.

Aber jetzt, als sie allein am Fenster ihres Zimmers saß und in die Winterlandschaft hinausblickte, auf die schneeverhangenen Berge und das graue Wasser des Sees, wurde ihr trotzdem wehmütig ums Herz. Weihnachten war eben Weihnachten, und es gehörte sich, daß man Weihnachten zu Hause feierte, auf dem Sofa neben dem bullernden Kachelofen und mit einem Fenster, aus dem man bis an den Horizont blicken konnte, ohne daß einem irgendwelche Berge die Sicht versperrten.

Seufzend stand sie auf und beschloß, beim schönen Jean vorbeizuschauen. Ein Stück Torte und ein Café au lait, das würde ihre Stimmung vielleicht ein bißchen heben.

Als sie durch den Speisesaal ging, schallten ihr durch die Schwingtür zur Küche laute Stimmen entgegen.

„Verzeihen Sie, meine Liebe, wenn ich es Ihnen so deutlich sage, aber jetzt sind Sie endgültig übergeschnappt. Warum wollen Sie vegetarisch leben? Sind Sie vielleicht eine Kuh? Oder eine Ziege? Oder ein Schaf?"

„Aber erlauben Sie, Monsieur! Warum beleidigen Sie mich? Gehen Sie lieber in sich! Sie werden sich noch ins frühe Grab bringen mit Ihrer Genußsucht, mit all dem schädlichen Fleisch, das Sie verschlingen!"

„Ich schlinge nicht, meine Liebe! Ich lasse mir jeden Bissen auf der Zunge zergehen! Was soll denn schädlich sein an einem knusprigen Zicklein, an einem zarten Täubchen oder an einem saftigen Rindsfilet? Sie sind schädlich für meine Gesundheit, meine Liebe, wenn Sie mir nicht mehr erlauben, diese Köstlichkeiten für Sie zu kochen!"

Stefanie stoppte vor der Tür und grinste. Diese traute Zweisamkeit wollte sie nicht stören!

Aber zurück in das einsame Zimmer zu gehen, dazu hatte sie auch keine Lust. Also ging sie nach draußen und schlenderte langsam durch den Park. Sie dachte an die Spaziergänge mit Richard. Gleich kam die Bank, auf der sie immer gesessen hatten und wo damals Pierre ..., ach was, vorbei war vorbei!

Auf der Bank saß jemand, eingehüllt in einen Mantel, der aussah wie angetautes Erdbeereis. So rosa, daß es weh tat. Nicht schwer zu erraten, wer das war! Sollte sie umkehren? Ach, was! Und wenn sie dich wieder anmacht: cool bleiben, Stefanie!

Sie ging weiter und setzte sich auf die Bank. Ein Meter Abstand natürlich. „Salut, Meryl!"

„Salut!"

Schweigen.

„Saublöd, wenn man Weihnachten hierbleiben muß, nicht?"

„Ja. Find ich auch."

„Wie geht's im neuen Zimmer?"

„Gut. Und dir?"

„Auch."

Schweigen.

Plötzlich raschelte es in einem immergrünen Strauch neben ihnen, und dann kroch etwas daraus hervor, etwas mit einem struppigen, braungrauen Kopf mit Schlappohren, einem langen Leib, vier krummen Beinen und einem heftig wedelnden Schwanz. Das seltsame Wesen, das aussah wie ein gemopspinscherter Spitzdackelterrier, hoppelte auf Stefanie zu.

„Hallo, César!“ sagte Stefanie und streckte die Hand aus.

Der kleine Hund setzte sich und musterte die beiden Mädchen mit schiefgelegtem Kopf.

„Er hat was im Maul“, stellte Meryl fest. „Vielleicht eine Maus?“

„Nein, nein“, beruhigte Stefanie. „Er fängt nie Mäuse.“

César beäugte sie noch immer. Er machte einen Sprung auf Steffi zu, dann schien er es sich anders zu überlegen und kehrte wieder um.

Dasselbe wiederholte sich bei Meryl. Er setzte sich wieder. Wenn kleine Hunde ratlos schauen können, dann schaute er ratlos.

Endlich hoppelte er genau zwischen die Mädchen und legte dann seine Last zur Erde: einen frischen, dampfenden Pferdeapfel. Stolz ließ er sich dann daneben nieder.

Meryl und Stefanie sahen sich an und lachten.

„Manchmal bin ich eine ätzend dämliche Kuh“, sagte Meryl unvermittelt in ihrem schauderhaften Französisch.

„Ich auch. Nicht bloß manchmal“, sagte Stefanie.

„Entschuldigung wegen dem Marzipankörbchen!“

„Entschuldigung wegen den Ohrfeigen.“

„Feiern wir zusammen Weihnachten?“

„Klar. Und César kriegt eine Riesenwurst."

Sie blieben noch lang auf der Bank sitzen und redeten, als ob es nie Streit zwischen ihnen gegeben hätte.

Das könnte der Beginn einer wunderbaren Freundschaft sein, dachte Steffi. Aber diesmal glaubte sie daran.

TINA CASPARI

Das Internat am
Genfer See

Guten Start, Laura!

Laura fühlt sich wie auf Wolke sieben! Das Internat ist ja ein richtiges Schloß! Und die Aussicht auf den Genfer See ist einfach traumhaft. Na ja, die Schule ist eher normal. Aber wer findet Schule schon richtig toll? Tom vielleicht, der Angeber. Doch Lauras Meinung über Tom wird sich noch gründlich ändern …

SCHNEIDER BUCH